──それは突然 スマホに現れた
秘密暴露アプリ
何このアプリ
ザワ
あたしにも通知きた
こっちも…
そのアプリはクラスメイト全員にインストールされていたのだ
絶対に登録しない
そう思っていたのに──…

理想の恋人が百万ポイントで手に入るんだってよ!
見てコレ!
一億円だって!!
こっちもすげぇ!!
ザワ
ザワ
暴露アプリから届いたぞ!
ワァー!
これ本物!?
すごい…
ずくり…

野いちご文庫

秘密暴露アプリ
～恐怖の学級崩壊～

西羽咲花月

STARTS
スターツ出版株式会社

暴露!
西前朋子から
暴露!
有木可奈からの
暴露!
なんだよこれ!
ひどい…けどこれで好きなものがもらえるんだ…
さらに——…
なぁお前の秘密教えろよ
秘密なんて…
やめろぉおー…
秘密がないなら作ればいいだろ
ポイントを貯めるため秘密を作るように…

このままじゃ
あたしも
ターゲットに
なっちゃう…っ
ギュ…
暴露を書き込む
やられる
前に
やらなきゃ
――！

野いちご文庫

秘密暴露アプリ
～恐怖の学級崩壊～

西羽咲花月

スターツ出版株式会社

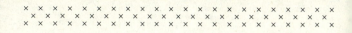

××××
×××
CONTENTS

秘密暴露アプリ 3年A組クラスカースト

普通グループ

新免弘江《しんめんひろえ》　安藤直美《あんどうなおみ》

有木可奈《ありきかな》

平凡で楽しい毎日を望む、ごく普通の女子高生だったけど、アプリを手にしてから徐々に変わっていき…。

トップグループ

今岡拓郎《いまおかたくろう》　大場晃彦《おおばてるひこ》
川島美花《かわしまみか》　土井文子《どいふみこ》

佐々木《ささき》 剛《つよし》

外見も派手で、誰も逆らわないのをいいことに、最下位グループをパシるなど好き放題ばかりしている。

ギャルグループ

村上敦子《むらかみあつこ》　柴田倫子《しばたのりこ》

西前朋子《にしまえともこ》

見た目はギャルで派手だけど、トップグループのメンバーとは違っていて、可奈たちとはよく話す。

おとなしいグループ

遠藤克也《えんどうかつや》　二宮良平《にのみやりょうへい》　澤《さわ》　勇気《ゆうき》

石岡高宏《いしおかたかひろ》

真面目で大人しいタイプの生徒で、勉強もよくできる。最下位グループの裕と一緒にいることもある。

オタクグループ

岩田《いわた》ゆかり　奥村《おくむら》ミユキ　大山和弘《おおやまかずひろ》　野々上信吾《ののうえしんご》

坂本文香《さかもとふみか》

見た目は地味でクラスでも存在感は薄いけど、欲しいゲームのためなら、危ないこともするタイプ。

最下位グループ

千田健人《せんだけんと》

和田《わだ》　裕《ゆう》

頭がよく有名大学への進学が決まっているが、トップグループのメンバーからパシリにされている。

突然、クラス全員のスマホに送られてきたアプリのインストール完了の通知。

アプリの名は【秘密暴露アプリ】。

このアプリに登録してクラスメートの秘密を暴露すれば、ポイントが貯《た》まり、そのポイントはブランド品や理想の恋人と交換できるという……。

そんな夢のような話があるわけない。

最初は誰も信じていなかった。

ところがアプリが本物だとわかった瞬間、事態は一転する。

「秘密を手に入れるためなら、なんだってやってやる」

「やられる前に、やらなくちゃ！」

次々と暴かれる秘密。その裏に潜む、裏切りや嫉妬《しっと》……。

あなたの秘密も、どこかで拡散されているかも……？

第一章

秘密暴露アプリ

「おい裕《ゆう》、俺の分もノート頼むよ」

和田《わだ》裕の机の上に座り、足を組んだ佐々木《ささき》剛《つよし》が言った。

自分の机に座られているというのに、裕はヘラヘラと笑顔を浮かべて「いいよ」と、頷《うなず》く。

「じゃあ、俺のも」

剛に便乗してきたのは今岡《いまおか》拓郎《たくろう》だった。

裕の表情が少しだけ引きつる。

「なんだよ、その顔」

拓郎は気だるそうに言い、自分のノートを裕へと投げた。

ところが、裕はそのノートをキャッチすることができず、ノートはパサリと軽い音を立てて床に落ちてしまった。

「人のノート、落としてんじゃねぇよ！」

次の瞬間、拓郎が因縁をつけながら裕の背中を蹴《け》ると、バランスを崩した裕は床に倒れ込んでしまい、剛はそれを見て笑った。

「じゃ、よろしくな」

拓郎はそれだけ言うと、剛とともに教室を出ていってしまった。

残された裕は拓郎のノートを拾い、自分のイスに座った。そして机の乱れを直し、何事もなかったかのように文庫本を取り出して読みはじめる。

「少しくらい抵抗すればいいのに」

一連の出来事をぼんやりと眺めていた安藤直美《あんどうなおみ》が呟《つぶや》くように言った。

だけど、その言葉とは裏腹に、彼女の声に裕への興味は感じられなかった。

ただ暇だから見ていただけみたいだ。

あたしも直美と同じだった。

休憩時間にぼんやりと三人の様子を見ていただけで、別に興味はない。

こんなの日常茶飯事だし、珍しいことでもない。

三年に上がる前からあの調子らしいから、裕も今さら反抗する気がないのだろう。

よくも悪くも、来年の春には高校を卒業するのだから、いちいち目くじらを立てて怒る必要もない。

剛と拓郎はいまだに進路が定まっていないようだけど、裕は有名な大学への進学が決まっているらしい。

それだけで、二人に比べれば勝ち組だった。

「ねぇ、なんか楽しいことないかなぁ」

直美がそう言いながら、大げさなため息をついた。

就職や受験で、最近遊びに行けていないのが原因のようだ。

「楽しいことねぇ……」

あたしはアクビを噛《か》み殺しながら呟く。

別にいいじゃん。

平和な毎日が送れて、そこそこ楽しければ。

そんなことを口に出せば、きっと直美は頬《ほお》を膨らませて抗議するだろう。

直美は普段はできない、変わったことがしたいのだ。

「放課後、遊びに行く?」

あたしの言葉に、直美はパッと笑顔を浮かべた。

「行く行く! じつは行きたい場所があったんだよねぇ」

直美の口調が明るくなる。

直美の話を聞きながら、あたしはぼんやりと外の青空を見つめていたのだった。

今年の夏は暑くなるらしい。

いや、冷夏だって。

どっちでもいいけれど、四季をまたぐ時に同じようなニュースを必ず聞いているような気がする。

夏は暑いのが普通だし、冷夏なら過ごしやすくてラッキーってだけ。

それでいいじゃん。

「あー、ねぇ、卵焼きちょうだい！」

再び出たアクビを噛み殺していると直美が横から箸《はし》を差し出してきて、あたしのお弁当箱の中から卵焼きを盗んでいった。

「じゃあ、あたしはハム」

あたしはお返しに直美のお弁当箱からチーズに巻かれているハムを取り、口に運ぶ。

ただ巻いているだけじゃなくて、ハムは少し焼かれていてチーズが溶けている。

「おいしい」

お互いのお弁当を食べ合って笑顔になれる。

それだけで今のあたしは十分だと思えた。

「あ、二人とも先に食べるなんてひどい」

トイレから戻ってきた新免弘江《しんめんひろえ》が口を尖らせて声を上げる。

いつもの仲よしメンバーだ。

「可奈《かな》が先に食べようって言ったんだもん」

途端にあたしのせいにされて、「言ってないし！」と慌てて反論する。

「いいもん、あたしなんてどうせ一人だもん」

いじけて言う弘江を見て、直美は笑う。

「直美が変なこと言うから弘江がいじけちゃったじゃん」

「えぇ～？　事実じゃん」

「だから、そんなこと言ってないってば」

言い合いをしながらご飯を食べる。

それはあたしにとって、ごく普通の日常だった。

きっと、みんなにとっても……。

「何このアプリ」

お弁当を食べ終えて談笑していた時、弘江が眉間《みけん》にシワを寄せて言ってきた。

「アプリ？」

あたしは聞きながら、隣に座っている弘江のスマホを覗《のぞ》き込んだ。

画面には、《秘密暴露》と書かれたアプリが表示されている。

「何これ……」

そう声を上げた時だった。

自分のスマホがポケットの中で震えたのを感じて、あたしは手を伸ばす。

角が丸くツルリとした感触のスマホを取り出すと、トップ画面にアプリのインストールを知らせる通知のアイコンが出ていた。

「あたしにも通知が来たよ」

「こっちも」

その声に視線を向けると、直美がブルーのスマホを手にしていた。

【秘密暴露アプリ】って、弘江に送られてきたアプリと同じだよね」

あたしは、その画面を弘江に見せながら聞いた。

「うん。まったく同じだね」

「あたしのもだ」

直美もスマホ画面を見せてくる。

つまり、三人にほぼ同時にアプリがインストールされたことになる。

怪訝《けげん》に感じながらも、アプリを開いてトップ画面の文面を読み進めていく。

《三年A組の皆さまに朗報だよ！

この秘密暴露アプリに登録して、アプリ内の掲示板にクラスメートの秘密を書き込もう！

秘密の内容によってポイントが与えられ、そのポイントを使用してアプリ内で買い物ができちゃうよ！

賞品は随時追加されるし、あの有名ブランド品を手に入れることも夢じゃない！

高校生でブランド持つなんて夢だよね⁉

さぁ！　みんなで登録しよう！》

「何これ」

読み終えた直美が、しらけた声を上げる。

「秘密をバラすことで買い物ができるってことだよね？」

あたしが続けると、今度は「そんなのは読めばわかる」と呆《あき》れた声で言った。

「まぁ、誰かのイタズラでしょ」

弘江はそう言いながらスマホをスカートのポケットへと戻した。

「賞品ってどんな物だろうね？　ブランドってなんだろう？」

「可奈ってブランド好きだっけ？」

弘江の言葉に、あたしは曖昧《あいまい》に頷く。

「興味はあるかな。何万円もする物って働いてなきゃ買えないし」

「そうだよねぇ。働いてても簡単には買えなさそうだけど」

突然、話に入ってきたのはクラスメートの川島美花《かわしまみか》だった。

美花は剛たちと同じグループで、あたしたちとはあまり接点がない。

派手な見た目で何かと人を見下す態度をとるから、どちらかというと敬遠していたほうだった。

トップグループは剛と拓郎と晃彦《あきひこ》。

それと同系列にいるのが女子の川島美花と、土井文子《どいふみこ》。

この5人とは、当然関わりを持つつもりはなかった。

その下にいるのが派手系グループ。

西前朋子《にしまえともこ》、村上敦子《むらかみあつこ》、柴田倫子《しばたのりこ》。

この三人は美花や文子たちとも仲がいいから、同列にいると判断できる。

その下が、あたしたち三人だった。

有木《ありき》可奈、安藤直美、新免弘江。

そして大人しい系の、石岡高宏《いしおかたかひろ》、佐々木克也《ささきかつや》、二宮良平《にのみやりょうへい》、澤勇気《さわゆうき》。

オタク系の、坂本文香《さかもとふみか》、岩田《いわた》ゆかり、奥村《おくむら》ミユキ、大山和弘《おおやまかずひろ》、野々上信吾《ののうえしんご》。

そして最下位の和田裕と、千田健人《せんだけんと》だ。

こうして改めて考えてみると、オタク系の生徒の人数は多かった。

あたしたちとあまり関わりのない美花も、手にスマホを持っている。

「もしかして、美花のところにも通知が来たの？」

あたしが尋ねると、美花が笑顔になって頷いた。

「そうだよ。他の子にも来てるみたい」

その言葉に教室内を見回してみると、ほとんどの生徒がスマホを手に持っていた。

そういえば、文面にはこのクラスが指定されていたっけ。

「これ、何かのゲームなのかな」

直美がふと気がついたように言って、さらに話を続ける。

「A組の生徒全員のアドレスを知ってるってことは、送ってきたのは先生かもしれない。クラス内でゲームをする気なのかも」

「ゲームぅ?」

直美の意見に美花は不服そうな声を上げた。

「学校のゲームなんてつまんない。ブランドの賞品なんて嘘《うそ》じゃん」

確かに、学校のゲームの賞品がブランド品ってことは滅多にないだろう。

そもそも、クラスメートの秘密を暴露するゲームなんて先生が考えるとは思えないけれど。

思い思いにアプリの内容を議論していると、一人の生徒が席を立った。

手にはスマホを握りしめている。

石岡高宏だ。

真面目で大人しいタイプの生徒で、存在感はあまりない。

けれど勉強はよくできて、ときどきイジメられっ子の裕と一緒にいる生徒だ。

「俺、先生に言ってくる」

高宏の言葉に、いつの間にか教室に戻ってきていた剛と拓郎は冷めた表情を浮かべている。

この二人ならどんどん秘密を書き込んで、ポイントを貯めていくイメージだ。

だけど高宏は気にした様子もなく、一人で教室を出ていったのだった。

制裁

「いいのかなぁ、あれ」

そんな不安を漏らしたのは弘江だった。

弘江は高宏が出ていった教室のドアを見つめている。

「何が？」

高宏のせいで気分が萎《な》えたと言いたそうな、気だるい表情を浮かべた美花が聞く。

「だって、これ……」

弘江はそう言いながら、あたしたちに見えるようにスマホを机に置いた。

確認してみると、アプリ内の説明の最後には《アプリが送られてきた者以外に他言しないでね》と書かれている。

注意書きにしては下のほうに書かれているから、高宏は気がつかなかったのかもしれない。

「大丈夫でしょこんなの。どうせイタズラなんだし」

フンッと鼻を鳴らす美花。

あたしも美花と同じことを考えていたけれど、不意に嫌な予感が胸をよぎった。

そもそもこのアプリの送り主は誰？

きっと先生ではないだろう。

それでも相手はクラス全員分の連絡先を知っていて、ほぼ同時にアプリを送ってインストールまでできる状態なのだ。

そんな相手……いる？

考えてみたけれど、思い当たる人物はいなかった。

クラス専用のSNSはあるけれど、それに入っていない子だってもちろんいるし、アプリ取得用の別アドレスを持っている子もいる。

そんな子の連絡先まで把握するなんて……。

「これ、登録するか？」

大きな声が聞こえてきたので視線を向けると、そこには剛と拓郎の姿があった。

二人はまた裕の机の上に座っていて、裕は教室の後方で立ったまま本を読んでいる。

それを気に留める生徒はいない。

「もちろんするだろ！　賞品を確認したか？」

「まだしてない」

その会話に、あたしは自分のスマホに視線を落とした。

登録する前に、どんな賞品があるのか確認できるみたいだ。

魅力的な賞品を用意して、登録するように誘導しているのだろう。

どんな賞品があるのか確認するだけなら問題ない。

そう思ってスマホを操作しようとした、その時だった。

手の中のスマホが突然震え出し、思わず落としそうになった。

慌てて握りしめて画面を確認する。

さっきと同じ【秘密暴露アプリ】からだ。

「今度も一斉に送られてきたみたいだね」

直美がスマホを取り出して言った。

みんなマナーモードにしているから気がつかないけれど、また全員に送られてきているようだ。

「なんだこれ」

いち早く確認したのか、剛の怪訝そうな声が聞こえてきた。

あたしはチラリとそちらを見てから、自分のスマホに視線を戻す。

文面には何も書かれていないけど、リンクが貼《は》られている。

このリンクに飛んでも大丈夫だろうか。

妙なウイルスに感染しないか不安を感じながらも、みんながそのリンクをタップしたのを確認してあたしもリンクをタップした。

途端に動画が流れはじめ、誰かの背中を映し出した。

「これって高宏だよね」

みんなと同じように動画を見ている弘江が呟いた。

確かに、制服を着ている後ろ姿は高宏のように見える。

それに景色は見覚えのある学校の廊下だった。

［職員室］と書かれたプレートも見えている。

「今、職員室へ向かってるところって感じか？」

拓郎が興味津々な口調で言った。

「ライブ配信だね。なんだろうこれ、ワクワクする」

美花が楽しげな声を上げる。

ところが次の瞬間、動画の中で高宏が振り向いた。

驚いた顔をして何か言おうと口を開いているけれど、音声までは拾っていなかった。

すると突然、高宏の右側にある窓が大きく開かれ、高宏が苦しげな表情を浮かべながら左右に首を振り、嫌がるように手足をばたつかせはじめた。

それはまるで一人で踊っているように見えて、クラス内に笑い声が起こった。

だけど、すぐに教室内の笑い声は潮が引くように消えていく。

なんと高宏の体がふわりと浮き上がり、窓の外へと消えてしまったのだ。
動画はそこで途切れ、画面は真っ暗になってしまった。
教室内に沈黙が漂う。
「え、何これ……？」
すぐに、誰かが呟く声が聞こえ、大半のクラスメートが我に返るのがわかった。
何これ。
そんなのあたしも聞きたかった。
今の動画はいったいなんだったんだろう。
高宏は大丈夫なんだろうか。
そんな疑問が浮かんでくるやいなや、先生や生徒の騒ぎ声が聞こえてきた。
廊下から、そして開けられていた窓から声が入ってくる。
誰かの悲鳴。誰かの怒号。
慌ただしい様子が目に浮かんでくるようだった。
「え……嘘だよね？」
美花が唖然《あぜん》とした表情をこちらへ向けて言った。
何が嘘なのか、聞かなくてもわかった。
途端に剛が教室を飛び出していた。

みんながそれにつられるようにして走り出す。
あたしも気がつけば腰を上げていた。
「行くの？」
青ざめた直美が、あたしの腕を掴《つか》んで尋ねてきたので、あたしは
「何があったのか、聞くだけ聞かないと」と言って、弘江と一緒に廊下へと出た。
するとと、直美もあたしたちのあとに続いて教室から出てきた。

下階で広がった喧騒は、今や学校中を包み込んでいた。

窓を開けて下を覗き込み、何事か叫んでいる生徒たち。

あたしたち三人は人ごみをかき分けて、その最前列へと移動した。

窓から下を確認してみると、そこには学生服を着た男子生徒が横たわっていた。

男子生徒はピクリとも動かない。

頭部から血が流れ出し、コンクリートの上に血だまりを作っていた。

遠くからそれを見ただけなのに急激に吐き気が込み上げ、さっき食べた物が喉《のど》まで戻ってくる。

あたしは自分の口に手を当てて、どうにかそれを胃に押し戻した。

ギリギリと胃を締めつけられるような感覚に襲われる。

駆けつけた先生たちが応急処置をはじめているけれど、その生徒が生きているのか死んでいるのか、ここからじゃわからなかった。

「あれってお前のクラスの奴《やつ》だろ」

不意に隣から声をかけられて、あたしはビクリと体を震わせた。

声がしたほうを見ると、B組の男子生徒が青ざめた顔であたしを見ていた。

あたしは声には出さずに頷く。

顔は見えないけれど、さっきの動画を思い出すとあれは高宏で間違いないだろう。

あの動画が本物だとすればだけど……。

しばらくして救急車が到着すると、ようやく学校内は落ちつきはじめた。

だけど、昼休み中の思わぬ事件に校内には騒然とした雰囲気がとどまっている。

そして、間近で目撃していた生徒たちの話が校内を駆け巡り、転落した男子生徒は高宏で間違いなかったことがわかった。


「あれってさ、メールに書いてあったことを破ろうとしたからかな?」

教室へ戻った時、直美が呟くように言った。

「え?」

「ほら、《アプリが送られてきた者以外に他言しないでね》って」

直美はアプリ内の説明文を読み上げた。

「高宏が先生に言いに行ったから、あんなことになったってこと？」

「うん」

「そんなはずないじゃん」

あたしはムッとして直美を睨《にら》む。

確かに窓から落ちたのは高宏だったけれど、あのアプリが関係しているなんて思えなかった。

「でも、高宏が転落したってことは……あの動画は本物だよね」

弘江が冷静な口調で言った。

「え？」

あたしは驚いて弘江を見つめる。

まさか弘江はあの動画も、高宏が飛び降りたことも、全部あのアプリが原因だと思っているのだろうか。

こんなのただの偶然だ。

「高宏は、誰かに無理やり突き落とされたんだよ」

「やめなよ弘江。みんな怖がってるじゃん」

あたしは慌てて弘江を止めた。

「すげぇな！　このアプリが本物なら、賞品も本物だな」

あたしの心配とは裏腹に楽しげな声が聞こえてきて、あたしは会話をやめて振り向いた。

剛だ。隣には拓郎もいる。

二人はニヤニヤと不気味な笑みを浮かべてスマホを見ている。

高宏が窓から落ちたというのに、ちっとも気にしている様子じゃない。

「誰かの秘密を暴露すれば賞品が貰《もら》える。こんないい話、他にはねぇよな」

剛の意見に拓郎も同意見のようだ。

「俺は登録してみるぞ。タダで欲しい物が手に入るなら、やってみるしかないだろ」

そして拓郎はそう続けると、スマホをいじりはじめた。

二人の様子を遠巻きに見て、バレないようにため息をついた。

大丈夫だとは思うけど、あの二人が何か悪いことをはじめそうで嫌な予感がする。

「登録……しないよね？」

直美に尋ねられて、あたしは頷いた。

「するわけないじゃん」

そしてキッパリと言いきると、【秘密暴露アプリ】を削除したのだった。

【トップグループ】
佐々木剛
今岡拓郎
大場晃彦
川島美花
土井文子

【大人しいグループ】
石岡高宏（入院）
笹木克也
二宮良平
澤勇気

【ギャルグループ】
西前朋子
村上敦子
柴田倫子

【オタクグループ】
坂本文香
岩田ゆかり
奥村ミユキ
大山和弘
野々上信吾

【普通グループ】
有木可奈
新免弘江
安藤直美

【最下位グループ】
和田裕
千田健人

高宏が窓から飛び降りたことで午後からの授業はなくなり、自宅に戻ってきていた。

高宏と仲のよかった数人の生徒たちだけ学校に残り、先生たちにいろいろと質問されているようだ。

あたしは自分の部屋で、ぼんやりと今日の出来事を思い出していた。

送られてきたあの動画は、いったい誰が撮影したものだったんだろう。

もしあれが本物なら、その人物は高宏を窓から突き落としたことになるのだ。

そう考えて自分の体を抱きしめて身震いをした。

病院へ搬送されたあと高宏がどうなったのか、あたしたちはまだ知らされていない。

もし死んでしまったら、動画の撮影者は人殺しになるのだ。

「あれ……?」

恐怖で震えながらも、違和感に気がついた。

スマホを片手に持ち、動画を撮りはじめてみる。

犯人が動画を撮りながら高宏を突き落としたのだとすれば、撮影も突き落とすのも片手で行ったことになる。

動画の中で高宏はかなり抵抗していたし、窓は一六〇センチのあたしの胸下くらいの位置にある。

暴れる高宏を片手で持ち上げて突き落とし、それをしっかり動画にも収めた……？

そんなことができるとは思えなかった。

高宏は特別に体の大きな生徒じゃないけれど、それでも男子だ。

あたしよりも背が高く、体重だって重たいだろう。

そんな相手を片手で抱え上げることができる人物なんて、そうそういない。

クラス内でできそうな生徒と言えば、剛か拓郎くらいなものだ。

二人とも筋肉バカで筋トレが趣味のような生徒だ。

でも、高宏が落ちた時に二人は教室にいたから、それは不可能だ。

「でも、もしも動画は先に撮影されていて、高宏が落ちるタイミングで流したとすればば……って、それはないか」

一人でブツブツと呟きながら部屋の中を歩き回る。

先に動画が撮影されていたとすれば、動画の撮影者と高宏はグルだということだ。

クラス全員を驚かせるため、あらかじめ飛び降りたような動画を撮影しておき、高宏が演技をしながら教室を出る。そして、窓から飛び降りる。

高宏の行動に合わせて、もう一人が動画を配信する。

「だけど、悪ふざけなら本当に飛び降りるはずがないよね……」

高宏は、自分から飛び降りたというより、突き落とされた感じだった。それくらい追い詰められ、怯《おび》えているような印象を受けた。

そもそも、あんなに追い詰められる演技が高宏にできるとは思えなかった。

自分の推理はどうしても途中で行き詰まってしまい、あたしはベッドに腰をかけてため息をついた。

スマホが動画を録画し続けていることに気がついて、すぐに録画を中止して画面をトップへと戻した。

そのタイミングでメールが送られてくる。

開く前からサッと血の気が引いていた。

それは【秘密暴露アプリ】からのメールだったのだ。

あたしはゴクリと生唾《なまつば》を飲み込み、メールのアイコンをタップする。

一瞬、何も見ずに消してしまおうかと思った。

けれど、それはしてはいけないと、本能が、あたしの頭の中に警告音を鳴り響かせている。

このアプリも高宏の動画も信じたわけじゃない。

でも、万が一……ということがある。

あたしはいったん目を閉じて気持ちを落ちつかせると、ゆっくりと目を開き、メールを開いた。

《削除禁止》

メールの件名にはそう書かれている。

内容は学校で送られてきたのとまったく同じ文面だ。

「何これ……」

あたしは青ざめてスマホを握りしめた。

削除禁止って、まるであたしがアプリを消したことを知っているような件名に、ゾクリと全身に寒気が走る。

誰もいない部屋の中を見回し、もう一度スマホに視線を戻した。

その時、再びスマホが震えた。

また【秘密暴露アプリ】からのメールだ。

あたしはゴクリと唾を飲み込んで、メール画面を表示させた。

いったい、今度はなんなんだろうか？

《秘密暴露アプリに登録するまでのカウントダウン》

「え……？」

《明日の夜明けまでに登録しないと、みんな石岡高宏みたいになっちゃうよ！》

そんな文面と一緒に写真が添付されている。

それを確認した瞬間、息が止まった。

そこに写っていたのは高宏だった。

高宏の顔は恐怖に歪《ゆが》み、口が大きく開かれている。

写真はそんな高宏の顔を下から見上げるようにして撮影されている。

これは高宏が飛び降りた瞬間の写真だ……。

こんな写真、普通は撮影できるわけがなかった。

上空へ向けてカメラを構えているところにたまたま人間が落ちてきたからって、シャッターを押そうなんて考えない。きっと驚きすぎて押せないだろう。

動画といい、写真といい、本来ならありえないものばかりだ。

あたしはようやく息を吸い込むと、急いでメール画面を閉じた。

すると驚くべきことに、削除したはずの【秘密暴露アプリ】のアイコンが再インストールされていた。

何か見えない力があたしたちを支配しようとしている。

そんな恐怖が全身を包み込み、自分しかいない部屋の中で誰かの視線を感じるような気がした。

いてもたってもいられず、部屋から出て、誰もいないリビングへ向かいテレビをつける。

わざと音量を大きくして、つまらないお笑い番組をかける。

それでもあたしの胸のざわつきは収まることがなかった。

今のメール、他のみんなにも送られたんだろうか……。

そう思って恐る恐るスマホを確認してみると、立て続けに二件のメッセージが入ってきた。

直美と弘江の二人からだ。

あたしを入れて三人でグループを作っている。

《直美：二人ともメール来た⁉》

いつも絵文字をたくさん使っている直美が、絵文字を一つも使っていない。

それだけで焦っている様子が想像できた。

《弘江：来たよ……どうしよう》

《可奈：あたしのところにも来た。二人とも、どうする？》

そう打ち込むと、すぐに二人から返事が来た。

《直美：怖いよ。登録しないと死ぬってことだよね⁉》

《弘江：落ちついて直美。絶対に大丈夫だから》

《可奈：そうだよ。高宏はまだ死んでないし》

メッセージ画面を開いた状態で、メールの受信を知らせる音楽が鳴った。

あたしは一瞬息をのみ、画面を見つめる。

メールの件名だけが画面上部に表示されていて、それは【秘密暴露アプリ】からのメールだとわかった。

《弘江：またメールが！》

《直美：もう嫌！　メールなんて確認したくない！》

あたしも直美と同じ気持ちだった。

でも、次のメールを確認しなければ何が起こるかわからない。

あたしはメッセージ画面を一度閉じ、メール画面を表示させた。

それだけで指は震えて、全身から嫌な汗が噴き出すのを感じる。

勇気を出してメールを表示させてみると……そこには数字が書かれていた。

いや、書かれていたのではない。

その数字は徐々に減っていっているのだ。

とっさに今の時間を確認する。

午後二時を回ったところだ。

明日の夜明けまで、あと十五時間ほどか。

数字はそこから一秒ずつ減っていっていた。
「カウントダウン……」
あたしはメッセージ画面に戻しながら呟く。
二人ともまだメールを確認できていないのか、会話は止まったままだ。
《可奈：メール確認したよ。夜明けまでのカウントダウンがはじまってた》
《直美：嘘……》
《弘江：これ、無視してたら絶対にヤバいよね？》
弘江の書き込みにあたしは頷いていた。
《可奈：登録だけ、したほうがいいと思う……》
本当はこんな妙なアプリと関わりなんて持ちたくない。
だけど、無視する勇気はなかった。
直美と弘江もそうなのだろう、嫌だと感じながらも無視するまでの勇気は持てずにいる。
《可奈：三人で登録すればきっと大丈夫だから》
それは自分自身に言い聞かせた言葉だった。
一人じゃない。
みんな一緒なら大丈夫。

そう思わないと、怖くて一歩を踏み出すことができなかった。

《直美：わかった。あたし、登録する》

《弘江：二人がするならあたしも》

そのメッセージを確認して、あたしは先ほどの受信メールを開いた。

【秘密暴露アプリ】から届くメールには登録ページへのリンクが貼られていた。

そこまで登録させたいか。

そんな気がしてくる。

「登録するだけ。登録したって無視してればいい」

必要だと思って無料登録しても、そのあと使っていないアプリなんて山ほどある。

今までと何も変わらない。

あたしはそう信じて、登録ページを開いたのだった。

賞品

登録してしまった……。

翌日になっても、その事実はあたしの心に重くのしかかってきていた。

気だるい気持ちで制服に着替えてリビングへと向かうと、両親が心配そうな表情をこちらへ向けていた。

昨日、高宏が飛び降りたことは両親もすでに知っている。

だから心配してくれているのだろう。

「おはよう」

あたしは重たい気持ちを押し殺して口を開く。

いつもどおりの挨拶《あいさつ》に、両親の表情が少しだけ笑顔になった。

「おはよう。今日は学校へ行くの？」

母親の言葉にあたしは頷き、テーブルに座った。

「うん。別に休校になってるわけじゃないしね」

そう言いながら、準備されていたお箸を持つ。

けれど、食欲なんてほとんどなかった。

形だけ食事を済ませることにする。

「学校は大丈夫なのか？」

父親に聞かれて「たぶんね」と、苦笑いを浮かべた。

昨日の今日で学校内がどうなっているのか、あたしにも想像できなかった。

きっとみんな落ちつかない気持ちでいるだろう。

とくに三年A組の生徒たちは全員。

「そうじゃない。イジメとか、そういう……」

口ごもりながら言う父親に、あたしはようやく納得した。

「それは……まぁ、あたしは大丈夫。飛び降りた子も、別にイジメが原因ってわけじゃないと思うし」

そう言いながら裕の姿が思い浮かんでいた。

毎日毎日繰り返されているイジリ。

裕本人が、あれをどう捉えているのかわからない。

もしかしたら、限界が近い可能性だって十分にあった。

「そうか。それなら、まぁいい」

父親は安堵《あんど》したように言うと、食事を再開する。

あたしはご飯を半分ほど食べて席を立った。

いつもより少し早い時間だけど、早く直美と弘江に会いたかった。

二人ともアプリに登録したと言っていたけれど、本当だろうか。

万が一、あたし一人だけ登録してしまっていたら。

そんな不安もあった。

「じゃあ、行ってきます」

いつもどおり玄関まで母親に見送られてあたしは家を出た。


昨日の出来事なんて嘘に思えてしまうほど天気がいい。

行きかう車も、スーツ姿のサラリーマンも、一昨日までと何も変わらない。

学校へ行ったら、昨日の出来事は全部嘘だった、と誰かが笑って言ってくれるんじゃないか？

そんな期待を抱いてしまいそうになる。

だけど校門をくぐったところで、昨日の出来事が現実だったのだと突きつけられてしまった。

高宏が落ちた地点に入れないように、黄色いテープが貼られていたのだ。

コンクリートには、まだ赤いシミが残っている。

それを見ただけで朝食が胃からせり上がってきそうになって、あたしはすぐに目を逸らした。

「可奈おはよう！」

教室への廊下を歩きはじめたところで後ろから声をかけられた。

振り向くと直美が走ってくるのが見えた。

「おはよう直美。今日は直美も早いんだね」

「だって、一人でいたら不安なんだもん……」

直美はあたしと並ぶと、そう言いながら眉を下げる。

「あたしも同じ。ねぇ、アプリには登録した？」

あたしの言葉に直美は黙ったまま頷いた。

アプリのことはあまり口に出したくない様子を見て、最初のメールに《他言しないでね》と書かれていたことを思い出した。

こうして会話をしていて、それを誰かに聞かれていたとしてもダメかもしれない。

直美はそれを懸念している様子だった。

教室へ入ると、数人の生徒が登校してきていた。

みんなスマホを見つめていたり、スマホ片手に友人同士でヒソヒソと会話していたりする。

そういえば、昨日のメールはA組全員に送られてきたのだろうか。

あたしは机にカバンを置くと、すぐに直美の席へと向かった。

「アプリの利用方法、読んだ？」

囁《ささや》くように聞かれて、あたしは左右に首を振った。

「ごめん、まだ」

昨日は登録するだけで何もしなかった。

アプリの利用方法なんて、最初にアプリを開いた時に書かれているのをチラッと見ただけだ。

「直美は読んだの？」

「うん。一応ね……」

「どんな感じだった？」

「最初にアプリを開いた時に書いてあった内容と、あまり変わらなかったよ。アプリ内には登録者全員が確認できる掲示板があって、クラスメートの秘密を書き込むことができる。秘密の面白さによってポイントが貰えて、そのポイントは賞品と交換することができる」

あたしは直美の説明を頷きながら聞いた。

確かに、昨日の時点でわかっていることばかりだった。

「では、その賞品っていうのがさ――」

直美がそこまで言った時、教室前方のドアが開いて弘江が入ってきた。

弘江も疲れた表情を浮かべている。

「おはよう二人とも」

弘江が教室内にあたしたちがいるのを確認すると、笑顔になって近づいてきた。

「おはよう」

そう答え、近くで弘江を見ると目の下にクマができているのがわかった。

「大丈夫？　眠れなかったの？」

「うん。アプリの説明とか、いろいろ見てたらね……」

弘江は苦笑いを浮かべながら言う。

弘江も直美も、ちゃんとアプリがどんなものかを確認していたようだ。

逃げていた自分が恥ずかしくなる。

「弘江は確認したんだね」

直美の言葉に、「うん」と頷く弘江。

「ごめん、あたしだけちゃんと見てないの」

あたしが慌てて言うと、弘江が机の上にスマホを置いた。

トップ画面には、あのアプリが表示されている。

　正直見るのも嫌だったけれど、二人とも確認しているのにあたしだけ確認しないわけにはいかなかった。

「利用方法はいいとして、賞品が問題だった」

「賞品？」

　弘江の言葉に、あたしは首をかしげて聞き返す。

「そう。見て」

　弘江がスマホを操作すると、画面上に［引き換え賞品一覧］というページが現れた。

　順番に見ていくと有名なブランドのバッグや財布、大型のバイクや車まである。

「何これ。嘘でしょ？」

　画面を食い入るように見つめ、あたしは思わず声を漏らした。

「だと思うけど……見て、こんなものまであるんだよ」

　弘江が画面を下のほうへスクロールさせると、そこにはなんと［恋人］と書かれていたのだ。

　あたしは瞬きをしてそれを見つめる。

「何これ」

「詳細を見てたらさ、理想の恋人を派遣してくれるらしいよ。でも、疑似恋愛とかそういう書き方はされてないから、本当に自分の恋人になってくれるんだと思う」

弘江の説明にあたしの頭は混乱してきた。

ポイントと物を交換するのはまだ理解できる。

だけど、人間が手に入るなんて信じられなかった。

「こんなの絶対に嘘だよ。詐欺なんじゃないの？」

あたしが怪訝そうな声を上げると、隣にいた直美が真剣な表情であたしを見てきた。

「これが嘘でも本当でも、クラスメートの秘密を書き込むだけでポイントが貯まるんだよ？」

その言葉にハッとする。

簡単に好きな物が手に入る。

そんなおいしい話を持ちかけられた時、人はどうなるか。

「嘘だと思ってても、ちょっとやってみようかって気持ちになるよね」

「そうだよね。クラスメートの秘密でいいなら、自分は痛みも感じないし……」

弘江の言葉にあたしは頷きながら答えたけど、次の瞬間、そうなるとA組はいったいどうなるんだろう？　と考えて寒気がした。

でも、それほど簡単に仲間の秘密をバラす生徒がいるなんて考えられなかった。

なんだかんだいっても、A組はみんな仲がいい。

一部を除いては、だけど……。

騒がしい話し声とともに教室に入ってきた剛と拓郎に、みんなの視線が集中した。
ドクンッと心臓が嫌な音を立てて跳ねる。
剛と拓郎は、昨日から【秘密暴露アプリ】に興味を示していた。
もうとっくに登録を済ませているかもしれない。
「理想の恋人が百万ポイントで手に入るんだってよ！」
拓郎がニヤニヤと嫌らしい笑顔を浮かべて言った。
「俺はバイクがいいな。これ相当高いやつだぜ」
剛はスマホの画面に釘《くぎ》づけになっている。
二人のその会話だけでアプリに登録していることは一目瞭然《いちもくりょうぜん》だった。
それに、二人がやる気だということも。
あたしは二人から視線を外して直美の机を見つめた。
ただ登録するだけなら大丈夫なはずだ。
あたしは何もしない。
クラスメートの秘密なんて知らないし、書き込むことも何もない。
でも……。
もし万が一、あたしの秘密を誰かに書かれたらどうする？
そんな不安が、頭をよぎってしまった。

あたしは顔を上げて直美と弘江を見つめる。
二人とも中学時代からの友達で、親友と呼べる関係だ。
二人のことは信じているから、いろいろな相談をしてきた。
二人も、あたしにたくさんの相談をしてくれている。
秘密を握っているのは、あたしだけじゃない……。
「怖い顔してどうしたの？」
直美の声に、あたしは我に返る。
今、あたしは何を考えていた？
直美と弘江が裏切ることを考えていなかった？
そんな自分自身に驚くと同時に怖くなる。
「ごめん。なんでもないよ」
あたしはそれだけ言うと、作り笑いを浮かべたのだった。

作る

どうやらA組の全員が、【秘密暴露アプリ】に登録しているらしい。

何組かのグループに話を聞いてわかったことだ。

あんなメールが送られてきたのだから、当然の結果だった。

ただ、入院中の高宏がどうしたのかはわからない。

意識が戻ったのかどうかも、あたしたちはまだ知らされていなかった。

そんな中でも剛と拓郎の二人はやはりポイントを貯める気になっているようで、昼休みになると教室の後ろで裕を取り囲んでいた。

裕は引きつった笑顔を浮かべて二人を見上げている。

裕に比べて身長や体格が大きな分、剛と拓郎の行為は卑劣《ひれつ》に見える。

「なぁ、お前の秘密を教えろよ」

「ひ、秘密なんてないよ」

剛が裕へ向けて尋ねると、裕がおどおどした口調で答える。

「あるだろ少しくらい」

すると、剛が裕の机を蹴飛ばす。

はたから見ていて秘密が多そうなのは剛のほうだ。

陰でもたくさん悪いことをしているイメージが強い。それをアプリ内の掲示板に書き込めばどのくらいのポイントになるのだろうと、あたしは考えていた。

「何もないってば」

裕は困ったように眉を下げている。

「秘密がないなら、作ればいいだろ？」

横から拓郎が言い、裕が「え⁉」と驚いた様子で目を見開いた。

「お、それいいな！」

剛がすぐに乗ってくる。

「それ、どういう意味だよ」

裕が挙動不審になり、目をキョロキョロと左右に動かす。

他のクラスメートたちも嫌な予感がしているようで、みんな三人から視線を逸らしている。

「たとえば、お前の今日のパンツの色とか」

拓郎の言葉に、剛が大声で笑い出した。

「確かに、それって秘密だよなぁ！」

剛が裕の背中をバンバン叩《たた》いて言った。

裕はうつむき、青ざめてしまっている。

「よぉし！　お前、ズボン脱げ」

剛が容赦なく裕を追い詰める。

さすがに冗談だろう。

そう思っていたけど、剛が裕を無理やり立たせている。

「ちょっと、さすがにヤバいんじゃ……」

直美が呟く。

だけど、二人の行動に口を挟める生徒はどこにもいなかった。

ここで二人を止めれば次は自分がターゲットになると、みんな理解していた。

「やめろよ！　離せ！」

普段は大人しく従っているだけの裕だけど、さすがに今回は抵抗を見せている。

二人を振り払おうと必死だ。

「何してんの？」

騒ぎの最中に食堂から教室へ戻ってきたのは……美花だった。

みんなが美花に視線を送る。

美花なら二人が相手でもひるまずに話しかけられるし、どうかこの騒ぎを止めてくれ……と期待しているのがわかった。

「おぉ、いいところに戻ってきたな。お前、写真撮れよ」

剛が美花へ向けて言った。

「は？　写真？」

「こいつのパンツの写真だよ」

美花が首をかしげて聞き返すと、拓郎が笑いながら答える。

美花は二人に捕らえられている裕を見て、眉間にシワを寄せた。

「なんで裕のパンツなんて撮影するわけ？」

「あの掲示板に書き込むんだよ。秘密なんてないって言うから、それなら作ればいいだろ？」

拓郎の説明に、美花は呆れたようにため息をつく。

さすがに、二人よりも大人のようだ。

「人のパンツなんて秘密でもなんでもないでしょ」

そう言い放って自分の席へ向かおうとする美花。

「お前はポイントいらないのかよ」

そんな美花の背中へ向けて拓郎が声をかけた。

「ポイントなんて別に……」

「ブランドのバッグは？」

「……」

美花はその質問には答えなかった。だけど、拓郎と剛のほうを振り返って沈黙しているのは……肯定したのも同じだ。

「美花。写真を撮れ。お前が掲示板に書き込めば、お前のポイントになると思う」

すると、拓郎が楽しそうな煽《あお》るような口調で続けた。

美花はムッとした表情を二人に向けているけど、その場から動こうとしない。悩んでいるのが伝わってきた。

「美花にポイントが入っても意味ないじゃん」

とっさに、あたしは声をかけていた。

こんな場面で大きな声なんて出したことがないから、自分でも驚いた。

とにかく、この状況をどうにかしなければと思った。

拓郎が舌打ちをして、あたしを睨んでくる。

情けないけれど、思わず視線を逸らしてしまった。

「そうだよ。あたしにポイントが入っても意味ない。拓郎たちには一ポイントも入らないんだから」

美花が、あたしの何倍も強い口調で言った。

裕の表情が少しだけ明るくなる。

「確認したいんだ」

拓郎が観念したように美花へ向けて言う。

「確認？」

「あぁ。本当にちゃんとポイントが入るのか。どんなふうに入るのか」

それが狙《ねら》いだったのか。

確かに、本当にポイントが入るのか定かでないし、ポイントの入り方について何も記載されていなかった。

秘密によって変動するらしいけど、どんな秘密にどのくらいのポイントがつくかもわからないままだ。

「あぁ〜。確かにそれは気になるけど、それならあたしじゃなくてもいいじゃん」

美花がそう言いながらクラス内を見回した。

全員が美花から視線を逸らす。

みんな、ポイントに興味はあるけれど口を挟むほどの勇気はない。

あたしだってみんなと同じだった。

「頼むよ美花。お前の欲しいブランドに手が届くかもしれないぞ」

美花は『ブランド』という単語に弱いようで、口では反抗しながらも自分の席に向かおうとしない。

その場で、どうしようか考えているようだ。

「裕は嫌でしょ？」

美花の言葉に、裕は強く上下に首を振って肯定した。

当然だろう。

「これはイジメだよね」

今度は剛へ向けて美花は言った。

「かもな。でも責任は俺たちにだけある。お前にはない」

その言葉に、美花が一歩動いて三人へ近づいた。

教室の空気が変わる。

みんな緊張しているのが肌で伝わってきた。

「お前はこいつのパンツの写真を撮って、それを掲示板に書き込むだけだ。それだけでポイントが入る」

再び煽るように拓郎が言う。

「書き込むだけなら写真はいらないでしょ？」

「あぁそうだな。それなら写真は撮らなくていい。パンツの柄を書き込むだけでいい」

だけど、美花の反論に拓郎はすぐに折れた。

すると美花の表情が変化した。

さっきまでと比べると、ずいぶん柔らかくなっている。

文字で下着の柄を書くだけということで、難易度が下がったと感じているのかもしれない。

拓郎の誘導は巧みだった。

「やめろ……」

「大丈夫だよ裕。少し見るだけだから」

近づいてくる美花に恐怖心を露わにする裕。一方、美花は優しげな声を上げながらジリジリと裕との距離を縮めていく。

教室内の視線が、一斉に裕と美花に注がれる。

そして、美花が裕のズボンへと手を伸ばした瞬間、剛が裕のズボンを一気にずりおろした。

教室内から女子生徒の悲鳴が上がる。

あたしはすぐに視線を逸らしたけれど、裕の白い太ももが目に焼きついてしまった。

剛と拓郎の割れんばかりの笑い声が不愉快に空気を揺るがす。

「最低……」

弘江が小声で呟いた。

「ちょっとやめてよ！」

美花は怒っているが、それは二人に対してというより、下着を見せられて不愉快になったようだった。

「見ろよこいつ、震えてるぞ」

剛が笑い声を上げながら言う。

あたしには、裕のことを直視する勇気がなかった。

さっきから何も言わない裕が、今どんな顔をしているか……。

「もう元に戻して」

怒った口調の美花の声にそっと顔を上げると、美花は自分の席に座ってスマホを操作しはじめた。

チラリと視線を三人へと向けると、剛と拓郎はまだ面白がっているようで、なかなか裕を解放しようとしない。当然、裕はズボンをおろされたままだ。

「やめてくれよ……」

ようやく裕の声が聞こえてきたけど、その声は涙をこらえて揺れていた。

「仕方ないから離してやるよ」

剛がそう言うと同時に、裕が床へ倒れ込んだ。

きっと背中を押されたのだろう。ズボンをおろされたまま床に横倒しにされた裕を見て、二人がまた大きな声で笑い出す。

手を差し伸べたいけど、できなかった。

何をされるか、わかったものじゃない。

それに、見ないふりをしているのはあたしだけじゃない。

だから、あたしがわざわざ声をかける必要はない。

自分にそう言い聞かせていた時、スマホが震えた。

他のクラスメートたちのスマホも同時に震えたようで、それが【秘密暴露アプリ】からのメールであることがすぐに理解できた。

あたしは直美と弘江と視線を合わせた。

二人とも青ざめているが、小さく頷き合う。

メールを確認するという意思を通じ合わせたあたしたちは、メールを開いた。

案の定、あのアプリからのメールだった。

《掲示板に書き込みがあったよ！》

その文面の下にはリンクが貼られている。

「へぇ、こんなふうに届くんだな」

さっきまで裕をイジメて楽しんでいた拓郎が、スマホを確認して声を上げる。

あたしもアプリを開き、掲示板を開いて確認した。

《川島美花からの暴露! 今日の和田裕のパンツは青のボーダー柄!》

「書き込んだ相手の名前も出るんだな」

拓郎はさっきよりも楽しげな口調で言った。

「あたしはあんたらに頼まれてやっただけ」

美花は少し口調を荒げて拓郎へ向けて言う。

あくまでも、自分は悪くないと言いたいのだろう。

でも、美花を責めることはできなかった。

あたしでもきっと同じことを言っただろう。

「ポイントは?」

拓郎と剛が美花の机に近づいていく。

ポイントは貰った当人にしかわからないのだろうか。

そう思って画面へ視線を戻した時、美花の暴露の一番最後に数字が書かれていることに気がついた。

数字は五だ。

「五ポイント」

美花はぶっきらぼうな声で答えている。

「五って……」

直美が悲痛な表情で言った。

交換できる商品は最低でも一〇〇〇ポイントが必要だった。

これじゃ、いくら暴露したってポイントは貯まらない。

「たったそれだけか。パンツ姿にまでしたのに」

剛はそう言いながら笑い声を上げる。

でも、これはいい効果かもしれない。

なかなかポイントを稼ぐことができないのなら、暴露する意味もない。他人の秘密を暴露するなんてやめよう、となるかもしれないからだ。

だけどすぐに、そんな考えは甘かったと気づくことになる。

「これが女のパンツだったらどうなんだろうな」

不意に教室の後方からそんな声がして、教室内にいた全員が一斉に振り向いていた。

そこにいたのは大場《おおば》晃彦。

剛や拓郎と仲がいい、派手なメンバーの一人だ。

「ポイント、もっと増えたのかな」

晃彦がクラスをぐるりと見回した。

目が合いそうになって、あたしは慌てて机へと視線を伏せる。

「男のパンツよりは価値があるかもな。それに、この掲示板は写真や動画も投稿できるようになってるんだ。そういうのを使えば、もっと稼げるかもしれない」

拓郎がニヤけながら晃彦に向かって口を開いた。

「女のパンツはさすがにヤバいけどな」

晃彦はそう言って笑った。

冗談だったのかと内心ホッとする。

このグループが言うと冗談が冗談に聞こえないから怖い。

だけど、一瞬だけ見えた希望の光は簡単にも打ち砕かれる。

少なくとも剛や拓郎、晃彦は、なかなかポイントが貯まらないから暴露なんてやめよう……とはならず、効率的にポイントを貯める方法を考えていた。

とにかく、これ以上何も起こらないことを祈るだけだ。

あたしはそう思い、自分のスマホをポケットにしまったのだった。

通知

放課後になると、昼休みの重苦しい空気が少しだけ和らいだ気がした。

「剛たち、いつもより静かだったよね」

帰る支度を終えた直美が、あたしの席に来て小声で言う。

「そうだね」

あたしは頷き、カバンを持って立ち上がる。

剛たちの行動がエスカレートするかもしれないと懸念していたけれど、あのあと目立ったことは何もなかった。

授業があったからだろうけど、やりすぎたと反省したのかもしれない。

「見てよ。あれ、大丈夫だと思う?」

安堵していたのもつかの間、弘江が近づいてきた。

弘江が気にしているほうを見ると、そこには剛たちと裕の姿があった。

剛、拓郎、晃彦の三人に囲まれて、裕は身動きが取れない状態だ。

四人は何か話をしながらそそくさと教室を出ていく。

「何か企《たくら》んでるのかもね……」

あたしは四人の姿が見えなくなってから口を開く。

下手に会話を聞かれると、今度はあたしたちがターゲットにされてしまうかもしれない。

裕には申し訳ないけれど、それだけは避けたかった。あたしはこの平和な日常を崩したくない。

「ポイントって貯める？」

三人で学校を出て歩いている時、不意に直美が尋ねてきた。

今までおいしいパンケーキ屋さんの話を楽しくしていたのに、空気が一変する。

あたしは、あからさまに顔をしかめてしまった。

「貯めるわけないじゃん！」

あたしが強い口調でそう言うと、弘江がすぐに頷き「そうだよね。欲しい賞品もとくにないしさ」と、同意してくれた。

「よかった。もし二人がポイントに興味があったらどうしようかと思って……」

あたしたちの言葉を聞いた直美は安心したようにほほ笑むと、不安そうに言葉を漏らした。

直美の気持ちもよく理解できた。

もし、三人のうちの誰か一人が裏切ったら？

その不安は、あのアプリが送りつけられた時から念頭にあったことだった。

今まで誰もそのことを口に出さなかったのは怖かったから。

そして、みんなを信用していたからだ。

「大丈夫だよ直美。あたしたち三人は親友なんだから」

あたしはそう言って、ほほ笑んだのだった。


その夜はとくに変化もなく過ごしていた。

課題を終わらせ、テレビを見てダラダラと過ごす。

ごく普通の一日がもうすぐ終わろうとしていた、夜の十一時頃。

ベッドに入って本を読んでいた時、スマホが震えた。

なんだろう……と手に取ってみると、立て続けに二度、三度と何かの通知が送られてくる。

あたしは伸ばした手をいったん引っ込めてスマホを見つめた。

アプリをダウンロードしていると、何件かまとめて通知が送られてくることもある。

こんなことは珍しくない。

嫌な予感が駆け巡る中、自分に言い聞かせて安心させる。

あたしはもう一度手を伸ばしてスマホを自分の元へと引き寄せた。

画面を確認して、「ヒッ」と小さく悲鳴を上げる。

その通知はすべて【秘密暴露アプリ】からのメールだったのだ。

一瞬にして血の気が引いていくのを感じる。

こんな時間にまとめて届いた通知に恐怖心が膨らんでいくのを感じながら、あたしは恐る恐るメールを開いていく。

《掲示板に書き込みがあったよ》

《掲示板に書き込みがあったよ》

《掲示板に書き込みがあったよ》

同じ文面のメールを見て、今日の放課後に教室を出ていった剛、拓郎、晃彦、裕の四人の後ろ姿が蘇《よみがえ》ってきた。

あたしはグッと拳《こぶし》を握りしめてアプリを開いた。

《佐々木剛からの暴露！》

そう書かれているけど、それ以外に何も書かれていない。

代わりに、裕の全裸写真が載せられていたのだ。

裕はどこかの柱にロープで体を固定され、服を裂かれた状態でうつむいている。

スマホを持つ手が震えた。

《今岡拓郎からの暴露！》

次の投稿欄には、四《よ》つん這《ば》いになった全裸の裕の背中に誰かが乗っている写真が貼られている。

背中に乗っている人物の顔はボカされていたけど、おそらく拓郎だろう。

そして最後の写真は……。

《大場晃彦からの暴露！》

「え……」

最後の投稿を見たあたしは、目を見開き言葉を失った。

晃彦の名前のあとに貼られている写真は、千田健人のものだったのだ。

あたしが知る限り、三人は今まで健人に手を出したことはなかった。

それなのに、写真の中で健人は全裸の裕に抱きついている。

きっと、三人に命令されたのだろう。

あたしはそれを見て、すぐにアプリを閉じた。

強い吐き気を感じて、ベッドへ横になる。

目を閉じると、世界がグルグルと回っているように感じられた。

これで三人はポイントを貰ったことになるのだろう。

気持ちが悪くてポイントまで確認しなかったけれど……。

これは秘密を暴露しているのではなく、誰がどう見てもイジメだった。

それも、相当悪質な……。

裕はもちろん、裕の友達まで巻き込むやり方は卑劣すぎる。

しばらく目を閉じて落ちつきを取り戻しはじめた頃、スマホが短く鳴った。

一瞬ビクリと身を震わせたけど、それはメール受信の合図ではないと理解して安堵のため息をつく。

それでもスマホに触れることが怖くて、手を伸ばしては引っ込めるという動作を数回繰り返してしまった。

ようやくスマホを確認すると、それは弘江からのメッセージだった。

弘江のところにも同じメールが届いているから、それを確認したのだろう。

《弘江：写真、見た？》

たったそれだけの文面だったけれど、弘江が青ざめている様子が浮かんできた。

《可奈：見たよ。あれ、ひどいよね》

《弘江：本物の写真……だよね？》

たぶん、本物だ。

あの三人組が手間のかかる加工写真を作るとは思えない。

《可奈：さすがに止めるべきだよね……？》

《弘江：止めるっていっても、どうやって？》
そう聞かれると返事ができなかった。
あたしたちは剛たちと仲がいいわけじゃない。
返事に困っていると、再び弘江からメッセージが来た。
《弘江：無理だよ……》
その文字を読んであたしは拳を握りしめた。
わかっていたことだった。
あたしたちにできることなんて、きっと何もない。
大人しくしていて、嵐が過ぎるのを待つしかないんだ。
《可奈：そうだよね……》
あたしはそう打ち込んで、スマホを閉じたのだった。

翌日、あたしは体が重たかったけれど、学校へ向かっていた。
自分にできることなんてないけれど、裕と健人の様子が気になった。
教室へ入った瞬間、生徒たちの視線を感じてその場に立ち止まってしまった。
だけど、その視線はすぐにほどけて日常へと戻る。
棒立ちになってしまったあたしは「おはよう」と直美に声をかけられて、ようやく動き出すことができた。

「みんなちょっとピリピリしてるんだよね」

席につくと直美が教えてくれた。

「昨日のメールのせいだよね？」

「そうだね……」

直美もかなりのショックを受けているのだろう。今日は疲れた顔をしているし、いつもより大人しく感じられた。

教室の中を見回してみても、裕と健人の姿は見えない。

あの三人組もまだ登校してきていないみたいだ。

「完全にイジメだもんね」

直美が写真を思い出したのか、そう言って自分の体を抱きしめた。

「うん。それでもあれは秘密を暴露するってことになるんだよね。それが怖い」

人をイジメてその写真を投稿しているだけなのに、咎《とが》められるどころかポイントが入る。

三人はエスカレートする一方だろう。

弘江も登校してきて三人で昨日の掲示板について話をしているところに、剛と拓郎と晃彦の三人がやってきた。

三人が入ってくると同時に、教室内は水を打ったように静まり返る。

誰も、三人に挨拶をしようとしなかった。

あたしたちも……だ。

視線を逸らし、教室の景色に溶け込んでしまうことしかできない。

「昨日は楽しかったな！」

「本当だな。ポイントも結構貯まったよな」

わざとらしい大声で剛が言うと、拓郎が剛に同意するように続ける。

「俺の写真、見てみろよ。全裸の男を抱きしめるホモ男の写真だぞ」

晃彦は自慢げに言い、二人にスマホを見せている。

きっと、投稿された写真以外にもいろいろと撮影したのだろう。

「ちょっと三人とも、ポイント貯めるとかやめたら？」

その言葉の主は美花だと思ったが、違った。

村上敦子。

美花と仲のよい派手系の女子だ。

敦子はムスッとした表情で腕組みをしている。

「なんだよ。お前だって賞品が欲しいだろ？」

剛は気にした様子も見せずに答えた。

「別にいらないし。本当に貰えるとも思えないよねぇ」

「本当に貰えるかどうか、俺たちが検証してやってるんだろ？」

敦子がバカにしたような口調で言って笑うと、すぐに拓郎が反論する。

「何それ、本気で言ってる？　みんな怯えてるんだけど」

だけど、敦子はまったくひるまない。

その姿に尊敬の念を抱く。

あたしが怖くてできないことを、敦子はこんなに簡単にできてしまうんだ。

「わかったわかった。確かに昨日はやりすぎたよ」

敦子の前に立ち、晃彦がなだめるように言う。

ひとまずそう言えば敦子の怒りは収まるだろうと考えているのが、透けて見える。

「あれはイジリじゃなくて、ただのイジメ。秘密でもないのにポイントが入るなんて、アプリの運営がズボラな証拠でしょ」

「わかったってば、悪かった。そう怒るなよ敦子」

晃彦は困ったように眉を寄せて言う。

心からの謝罪とは思えないけれど、晃彦からその言葉を聞けたことで教室内の雰囲気が幾分か和らいだ。

大げさだと言われるかもしれないけど、三人への恐怖が軽減し、ようやく呼吸ができる感じがした。

敦子もひとまずは気持ちが収まったようで自分の席へと戻っていく。

裕と健人の二人はまだ来ないけれど、この光景を見せてあげたいと感じた。

しばらくは三人とも大人しくしてくれているだろう。

そう思ったのだった。

追加

ホームルームがはじまっても、裕と健人は学校へ来なかった。

あんな写真を見られたのだから来れるはずもない。

あたしはぼんやりと先生の言葉を聞きながら、窓の外を見つめていた。

空が青く、雲が高い位置にある。

少し開けられている窓からは心地よい風が入ってきていた。

「なぁ、またメールが届いたな」

ホームルームが終わると同時に剛の声が聞こえてきて、あたしは視線を向けた。

いつもの三人が教室の後方に集まってスマホをイジっている。

「本当だ。賞品追加だってよ」

拓郎が興味津々に言った。

賞品追加か……。

そんなもの確認しても、どうせ関係ないし。

「見て！　一億円だって‼」

大きな声を上げたのは、三人ではなく美花だった。
美花はイスから勢いよく立ち上がって目を丸くしている。
「一億円……？」
あたしが首をかしげている間にも、教室内はざわめきに包まれはじめていた。
大人しいグループの子たちまで一斉にスマホを確認して、騒いでいる。
あたしは自分のスマホを取り出して画面を確認した。
案の定、【秘密暴露アプリ】からのメールが届いている。
《賞品追加の情報！
今日新しい賞品、現金一億円が追加されたよ！
一億ポイント貯めることができたら、現金と交換！
みんな頑張ってね！》
いつものように、軽々しい文面。
こんなの嘘に決まっている。
そう思う反面、自分の心臓が早鐘を打ちはじめていることに気がついていた。
一億円も持っていれば将来の不安は何もない。
仕事をしなくたって生きていくことができるだろう。
ううん。それよりもっと楽しいことをたくさんしよう。

友達や家族と一緒に毎日遊んだって、しばらく使いきることはないだろう。

「すっげぇな！　絶対貰うだろ一億！」

晃彦が興奮したように声を上げる。

「こんなの嘘に決まってるよね」

近くで声がして顔を向けると、いつの間にか直美と弘江があたしの席まで来ていた。

「そうだね。さすがにこれはないよね」

あたしはそう言いながら苦笑いを浮かべる。

一億円あれば……。

それは誰もが考える幻想にすぎない。

もし宝くじが当たったら……という当たった時の妄想と同じだ。

「でもさ、ヤバいかもね……」

弘江が小声で言う。

「ヤバいって何が？」

聞き返すと、弘江は剛たちへと視線を向けた。

三人は相変わらず大きな声で話をしている。

「あの三人、絶対にまた何かやるよ」

弘江の言葉にハッとした。

そうだ。あたしでさえ一億円あったら……と考えてしまったのだから、あの三人が動かないわけがない。

ポイントを一億円分貯めるために、どんどんエスカレートしていく可能性がある。

「あたしたちがターゲットになることはないよね？」

直美は泣き出しそうな、怯えた表情を浮かべている。

「一億円分のポイント貯めるにはかなり頑張らないといけないから、どうなるかわかんないよ」

弘江が真剣な表情で言った。

誰にも口外できないし、下手をすればA組は三人に支配されてしまうかもしれない。

「あたしたち、このままでいいと思う？」

弘江の言葉に、あたしは何も答えられなかった。

直美も、泣き出しそうな怯えた表情を浮かべたままだ。

『やられる前に、やる側へ回る』

そんな言葉が脳裏に浮かんできていたのだった。

作戦会議

空き教室の中はホコリっぽくて、あたしたちは窓を開けるところからはじめた。

教室の後方にあるイスを三つ用意し、輪になるように並べてそれぞれに座る。

「で、どうするの？」

「このままじゃ、あたしたちもターゲットになるかもしれない」

真剣な表情で弘江が尋ねてきたので、あたしはそう言って、自販機で買ったパックのオレンジジュースに口をつけた。

「やられる前に、やる？」

弘江の言葉に、あたしは「そのほうがいいと思う」と頷いた。

アプリの言いなりになるのはごめんだったけれど、このままじゃ自分たちの身が危ないのだ。

平穏な日常が崩される日は近いかもしれない。

「誰かの秘密を暴露するの？」

直美が恐々といった様子で聞いてくる。

「そうするのがいいと思う」

「あたしも、それは賛成する。でも問題は誰の秘密を暴露するか、だよね？」

弘江が含みを持たせて言う。

「もちろん。ただし、この三人の秘密は絶対に書かない」

あたしはその質問に対して、はっきりと言いきった。

じゃないと、こんなふうに作戦会議なんてできない。

「そうだよね、友達だもんね」

直美はまだ不安そうな顔をしているけど、あたしの言葉を聞いて少しだけその表情が明るくなった。

「あたしたちもターゲットを決めないといけないよね」

弘江の言葉にあたしは頷く。

誰をターゲットにするか。

そう考えると、おのずとクラスカーストが浮かんでくる。

トップグループに手を出す気は、もちろんない。

「ターゲットは信吾がいいと思う」

あたしは躊躇《ちゅうちょ》することなく言った。

「どうして？」

直美は不思議そうな顔をしているが、当然の疑問だと思った。

「信吾は弘江のことが好きだから」

「え？」

あたしの言葉に弘江は驚いたように目を見開いている。

当人は、まったく気がついていなかったようだ。

「三年に上がってすぐの頃だったよ。信吾が和弘と二人でそういう話をしてて、偶然教室で聞いちゃったの。きっと、まだ弘江のことが好きだと思う」

あの話を聞いてから数か月は経過しているけれど、信吾は時折、弘江のことを目で追いかけているようだった。

「そうだったんだ……」

弘江はどこかくすぐったそうに言うと視線を伏せた。

相手が誰であれ、好かれることはいいことだった。

だけど今は、信吾に対して非情にならないといけない時だった。

「とりあえず、今日は信吾の気持ちがまだ弘江に向いているかどうか確認したほうがいいと思うんだよね」

あたしの言葉に、弘江は「そうだね」と頷いた。

まだ照れている様子だけれど、やることは理解してくれている。

「でも、そんなのどうやって確認するの？　本人に聞いてもきっと教えてくれないんじゃない？」

「そんなの簡単だよ。弘江が困っている時に手を貸すかどうか見ていればいいの」

あたしが直美の質問に答えると、

「困っている時って？」

今度は弘江が疑問を口にする。

「ちょっと考えてたことがあるの」

あたしはそう言って、二人をまっすぐに見つめたのだった。


教室の中は、いつもよりも張り詰めた空気が漂っていた。

一億円のメールが送られてきてからずっとだ。

この雰囲気が和らぐことはしばらくないだろう。

そんな中、あたしたち三人はごく自然に自分の机へと向かった。

五時間目の授業の準備をはじめる弘江。

「あ、教科書忘れちゃった」

机の中とカバンを確認して弘江は焦ったように言う。

授業開始まで、あと一分を切っている。

今から隣のクラスに借りに行くような時間はない。

あたしはチラリと目だけ動かし、信吾の様子をうかがった。

信吾は和弘たちとアニメ雑誌を広げて楽しそうに会話をしている。

もう少し大きな声じゃないと聞こえないかもしれない。

「どうしたの弘江、教科書忘れたの？」

あたしは弘江へ向けて尋ねる。

あたしと弘江の席は少し距離があるから、大きな声でも不審がられない。

「そうなの。どうしよう……」

そう弘江が言った時だった。あたしたちの会話に気がついた信吾が、弘江を気にしはじめた。

もう少しで授業開始のチャイムが鳴ってしまう。

その時だった。

「俺の教科書、使う？」

信吾が慌てて弘江に声をかけたのだ。

手には教科書を握りしめて。

「え、いいの？」

「いいよ。俺、隣の和弘に見せてもらうし」

信吾の頬は、ほんのりと赤い。

「ありがとう！　助かった」

弘江は少し大げさな感じで言うと笑顔を浮かべる。

その笑顔に信吾の顔は完全に緩んでしまっていた。

やっぱり、あれは嘘じゃなかったみたいだ。

「返すの、いつでもいいから」

信吾は上機嫌に言うと、自分の席へと戻っていったのだった。

味方につける

放課後になると同時に、弘江は信吾の元へと駆け寄っていった。

あたしと直美はゆっくりと帰る準備をしながら二人を見守る。

「今日は本当にありがとう！　助かった」

弘江が笑顔で言うと、信吾は照れながらもうれしそうにしている。

「これくらいのことなら俺にもできるから、言ってよ」

「うん。ありがとう。あのさ、突然で申し訳ないんだけど、これから時間ない？」

「え？　時間？」

唐突な質問に信吾は戸惑っている。

だけど、信吾が部活もバイトもしていないことはリサーチ済みだった。

弘江から誘いがあれば断るわけがない。

信吾は必死に動揺を隠しながら「別に、ないけど？」と、気取ったふりをしている。

「よかった！　お礼がしたいから、これからどこか行かない？」

「ど、どこかって……二人で？」

「もちろん！　あ、でも信吾が友達を誘いたいなら一緒でもいいよ？」

「ふ、二人でいい！」

すぐに返事をしてしまう信吾に笑いそうになる。

素直にうれしさを表現すればいいのに、どこかでカッコつけようとしているのがわかった。

「そっか。何か奢《おご》るよ。ファミレスでもいい？」

ファミレスを選んだのは学校の近くにあるからだった。

放課後になると制服姿の学生たちが多くなるから、あたしたちがこっそりあとをつけても怪しまれない。

「ど、どこでもいいよ」

そう答えた信吾は、明らかに高揚した様子だった。

あたしと直美は二人の斜め後ろの席に座って、パフェを注文していた。

会話は聞こえてこないけれど、何かあったらすぐにメッセージをくれるようになっていた。

《弘江：今からアプリについて聞いてみようと思う》

パフェが届いて上にのっていたサクランボを食べようとした時、弘江からメッセージが入った。

あたしはバレないように振り向き、弘江と視線を合わせて頷いた。

あたしの前に座っている直美はイチゴを頬張っていて、グループメッセージに気がついていない。

「ちょっと、直美」

あたしの声に、直美はようやく自分のスマホを確認した。

信吾は、弘江を見てニコニコと笑顔を浮かべている。

《弘江：信吾も剛たちの動きを気にしてるみたい》

それはそうだろう。

もともとあのアプリを楽しんでいる連中が、何もしないなんてありえない。

《弘江：信吾のことはこのまま味方につけて、他のオタクメンバーの秘密を聞き出すのってどうかな？》

そのメッセージにあたしは驚いて振り向いた。

弘江がこちらを見て口元に笑みを浮かべている。

「すごいね弘江。信吾一人の秘密を握るよりも、オタクメンバーの秘密を全部握ったほうが効率いいもんね」

直美が感心したように呟く。

「そうだね。文香とゆかりとミユキと和弘。四人分の秘密があればポイントもずいぶん貯まるよね」

「可奈、ポイントに興味あるの？」

直美に聞かれてあたしは曖昧に頷いた。

ないと言えば嘘になる。

もし、一億円が本当なら？

こうして自分の身を守りつつ、ポイントを貯めることもできることになるのだ。

「ダメだよ、あまりポイントのことを気にしちゃ。あたしたちのやることがエスカレートしていったら意味ないし」

あたしが黙り込んでいると、直美が不安げな表情で話を続ける。

「わかってる。これはあくまで身を守るための行為なんだから、エスカレートなんてしないし、させないよ」

あたしはそう言って、直美へ笑顔を向けたのだった。

それから一時間ほどファミレスにいたけれど、二人が動いたのを見て一緒に外へ出てきていた。

そして、道の途中で弘江と信吾が別れたのを確認して、ようやく声をかけることができた。

「信吾どうだった?」

あたしが尋ねると、弘江は満面の笑みをたたえた。

「すごい秘密をたくさん教えてくれたよ。二人にも教えるから」

弘江はそう言いながら、メモ帳を取り出した。

信吾から聞いた話は全部メモしていたようだ。

「まずは文香。オタクって結構お金がかかるって言うでしょ? 文香はどうしても欲しいゲームがあって援助交際をしたことがあるんだって」

ニヤニヤしながら弘江が話す。

あたしは目を丸くして「嘘でしょ?」と、驚きの声を上げた。

オタクグループと援助交際という言葉が結びつかない。

彼らは自分たちの世界で、自分たちだけで楽しんでいるものだと思い込んでいた。

その楽しみ一つに、そんなにお金がかかるのか……。

「本当だって。お金がないって言いながらもゲームを買ってたから不思議に思って聞いてみたら、前日に援助交際をして稼いだって言われたんだって」

「すごい……」

直美もあたしと同じ気持ちだったのだろう、呟くように言うと目を丸くする。

まるで別世界の話を聞いているような気分になる。

「他にもあるよ。ミユキの彼氏は五十代のおじさんなんだって！」

「さすがにそれは嘘でしょ？」

あたしは、すかさず返す。

ミユキはオタクグループの中でも童顔で、身長も低く、いまだに小学生に間違われているほどだ。

そんなミユキが五十代のおじさんと並んでいる姿なんて、想像もできなかった。

「本当だって！　写真も見せてくれたんだから」

自信満々に言う弘江。

本当なんだろうか。

「なんか、思ってた以上にみんなすごいね」

直美は自分の胸に手を当て、再び驚きの声を上げる。

ドキドキしているのだろう。

「どれもこれもすごい秘密だから、ポイントも高いかもしれないね。だけど、写真があったほうがもっとポイントが稼げるかもしれない」

あたしは口の中でブツブツと呟く。

信吾が弘江をどのくらい信用して話をしたのかがわからない。

全部が本当だとは限らないから、気をつけたほうがいいかもしれない。

「まだあるよ。ゆかりは万引きの常習犯。和弘はアニメやゲームの幼女モノが大好きで、実際にも小さな女の子が好きなんだって言ってた」

「そうなると、信吾自身にも何か大きな秘密がありそうだよね」

あたしの言葉に弘江は頷いた。

「たぶん……あると思う。さすがに聞けなかったけど」

それでも、今日の話だけで大きな収穫だった。

あたしたちはオタクグループの秘密を握ることができたのだから。

「弘江のおかげで、あたしたちがターゲットになるのを回避できそうだね」

「うん！　よかったよね！」

あたしの言葉に、直美はうれしそうに言ったのだった。

第二章

暴露

オタクグループの秘密を共有したあたしたちだけれど、さすがに書き込むのは気が引けた。

今、掲示板に書き込んでいるのは剛たちだけだし、あたしたちが書き込めばきっとみんなが驚くだろう。

でも、今のうちに書き込む側へ回らないと。

怖いと思わせておかないと、今後自分たちがどうなるかわからないのだから。

あたしは自分のベッドの上でスマホの画面を見つめていた。

今日はアプリからのメールは届いていない。

まだ誰も、何も書き込んでいないようだ。

あたしたち三人は、誰が何を書き込むか、それもちゃんと決めて帰ってきた。

暴露内容が被るのはよくないかもしれないと考えたからだ。

あたしは勇気を出してアプリを開いた。

[暴露を見る]

［暴露を書き込む］

二つの選択肢が出てきて、［暴露を書き込む］をタップする。
すると自分の名前の入力欄と、暴露内容を書き込む欄が出てきた。
写真や動画の添付もできるようになっている。
それらをザッと確認したあと、あたしは画面に指を滑らせた。
名前の欄に自分の名前を書き込む。
それだけで手に汗が滲《にじ》んできていた。
剛たちは、これを遊びのように行っていたのだ。
今さらながら三人へ対する恐怖心が湧《わ》き上がってくるのを感じる。
次は内容を記入する欄だ。
あたしはいったん指を止めて大きく呼吸をした。
ちょっとくらい、大丈夫。
剛たちはあたしよりもひどいことをしているのだから、きっと大丈夫。
それは自分へかける暗示だった。
あたしのやろうとしていることは間違っていない、と自分自身に言い聞かせる。
「よし、大丈夫」
幾分気持ちがラクになってから、あたしは再びスマホに視線を落とした。

《岩田ゆかりは万引きの常習犯》

それだけ打ち込むのに何度もタップミスを繰り返し、ずいぶんと時間がかかってしまった。

その間にもスマホは震えない。

今日はまだ誰も暴露していないはずだ。

あたしが一番乗りになれば、きっとクラスで注目されるだろう。

想像して、少しだけ笑った。

それはまるで自分がクラスカーストのトップに立ったような、そんな心境だった。

あたしは［秘密を暴露する］というボタンをタップし、ゆかりの秘密を書き込んだのだった。

ゆかりからのメッセージが届いたのは、それから数分後のことだった。
《ゆかり：ちょっと可奈！　なんであんなこと書いたの⁉》
その文面だけで、ゆかりが焦っている様子が目に浮かんでくるようだった。
《可奈：だって、そういうアプリじゃん》
《ゆかり：だからってなんであたしのことを書くの！》
《可奈：当たり前じゃん。あんたたちクラスの下位なんだから》

あたしは笑っている絵文字とともに送信した。

ゆかりからどれだけ非難されようと、あたしの心は微動だにしなかった。

むしろゆかりの反応が面白いとすら感じてしまう。

《ゆかり：なに言ってんの？》

《可奈：そのままの意味でしょ。オタクグループはクラスの下位グループだからターゲットになるのって普通じゃん》

そう返事をすると、ゆかりからのメッセージはそこで止まってしまった。

少しかわいそうな言い方だったかな？

そう思っていると、スマホが震えた。

今度は【秘密暴露アプリ】からのメールだった。

立て続けに二件送られてくる。

すぐに確認してみると、直美と弘江が秘密を暴露したという内容のお知らせだった。

あたしが先に書き込んだことで、二人も書き込む気になったのだろう。

その内容は、もちろん信吾から聞いたものだった。

ポイントはあたしの書き込みよりも高くて、思わずイラッとしてしまう。

でも、この書き込む内容も事前に打ち合わせしていたとおりのことだった。

あたしが一番最初に書き込む。

その代わり、一番書き込みやすい秘密を書くと決めていたのだ。
そのため、あたしの取得ポイントは十ポイント。
文香とミユキの秘密を暴露した二人には五十ポイントずつ入っている。
それを見て舌打ちをした。
一度書き込んだことで、書き込むことへの恐怖心は払拭《ふっしょく》された。
今度からは率先して高いポイントを狙いに行こう。
あたしは心の中でそう思ったのだった。

変化

翌日、三人で登校すると明らかに教室の雰囲気が変化していた。

あたしたちを見ると同時に目を伏せる生徒、羨望《せんぼう》の眼差《まなざ》しで見てくる生徒、ヒソヒソと噂話《うわさ》をはじめる生徒。

いつものように挨拶をしてくる生徒はどこにもいなかった。

「よぉ！　昨日の書き込み最高だったな！」

そんな中で声をかけてきたのは剛だった。

剛に肩を叩かれたあたしは一瞬嫌悪感を覚えたけど、すぐに作り笑いを浮かべた。

「まさかオタクの奴らに、あんな秘密があったなんてなぁ！」

剛はわざとクラス中に聞こえるように大きな声を出している。

あたしたちを見てヒソヒソと噂をしていた子たちが、一瞬にして静かになる。

昨日の夜に感じたクラストップのような高揚感が体を駆け巡る。

「偶然知っちゃった噂だから本当かどうかわからなかったけど、ポイントを貰えたってことは、きっと本当だったんだねぇ」

あたしも剛と同じように声を大きくして言った。

すでに登校してきていた和弘が居心地悪そうに視線を逸らせる。

あたしの言葉一つでクラスメートたちの態度が変化する。

それが快感だった。

「それに比べて美花たちはまだ何も投稿してねぇな。アプリを使うなとか否定的だったしな」

「美花たちは意外といい子だからね」

あたしは笑って言う。

ここで剛を味方につけておけば、あとから面白くなってくるかもしれない。

そう、思っていたのに……。

「ちょっと、可奈」

弘江があたしの腕を掴んで引っ張ったのだ。

「何？」

「何じゃないじゃん。なんで剛と仲よくしてるの」

あたしを教室の奥まで引っ張り、睨みながら尋ねてきた。

あたしはキョトンとして弘江を見つめる。

弘江がどうして怒っているのかまったくわからない。

「いいじゃん別に、なに怒ってるの？」

「だって、みんな怯えてるでしょ！」

弘江の言葉に、あたしはプッと噴き出す。

「仕方ないでしょ。あたしたちが教室に入った時点でみんな怯えてたよ。だから、剛は関係ない」

早口に言うと、弘江は驚いた表情であたしを見つめた。

「本気でそう思ってるの？」

そして、今度はあたしを疑うような視線を向ける。

「思ってるよ？　だって、昨日秘密を暴露したのはあたしたちだもん」

「そんな……」

弘江はまだ何か言いたそうにしていたけれど、その言葉を聞く前にあたしは口を開いていた。

「でも、一人忘れてたよね」

あたしは、視線を和弘へと向けた。

和弘はあたしに見られていることに気がつかず、マンガ雑誌を広げて読んでいる。

「忘れてるって……？」

あたしはその質問には返事をせず、スマホを取り出した。

躊躇することなく、【秘密暴露アプリ】を開く。

昨日一度書き込んでいるから、今回は手が震えることもなかった。

「和弘の秘密って、幼女好きってことだったよね？」

そう言いながら顔がニヤけていくのを感じる。

オタクグループの中では一番ひどい秘密だと言っても過言じゃないかもしれない。

これを今あたしが書き込めば、きっと全員の視線を浴びることになるだろう。

そう考えると楽しかった。ポイントだってたくさん入るはずだ。

「あたしが書いてもいいよね？」

一応、目の前にいる弘江に了承をとる。あたしたちは親友同士だし。

「今、書くつもり？」

弘江がギョッとした表情を浮かべる。

だって、今のところあたしが一番ポイントが低いんだもん。

心の中でそう思うけど、口には出さなかった。

あたしがポイント目的だとバレると、みんな協力してくれなくなるかもしれない。

「せっかく秘密を握ってるんだもん。ちゃんと書いてあげないと信吾もかわいそうでしょ」

あたしは適当な言い訳をしつつ、掲示板に書き込んでいく。

和弘が幼女に手を出しているような写真があればもっといいのに。
内心、そんなことを考えながら。
書き込んだと同時に、クラスメートたちがスマホを確認しはじめた。
すぐにメールが送信されたらしい。
あたしは笑い出したくなるのをグッと我慢して様子をうかがった。
みんなの視線を感じる。コソコソと噂話をする子がいる。
みんなみんな、あたしを見ている。
「おい、なんだよこれ！」
ガタンッ！　とイスが倒れる音がして、そちらを向くと和弘が立ち上がっていた。
右手にスマホを握りしめて顔を真っ赤にしている。
「だって、本当のことでしょ？」
あたしは小首をかしげてそう聞いた。
「こんなのデタラメだ‼」
和弘はクラスメートへ向けて叫んだ。
あたしは和弘の机に近づくと、今まで和弘が読んでいた雑誌を広げた。
幼女が出てくるアニメやゲームばかりが特集されている。
中には非合法な年齢指定のあるゲームまで紹介されていた。

あたしはその雑誌の中で一番過激なページを広げて「見て！」と大きな声を上げ、クラス全員に見えるように掲げた。

一瞬にして和弘の顔が赤から青に変わる。まるで信号機だ。

思わず噴き出してしまった。

「やめろよ！」

和弘はすぐにあたしから雑誌を奪い取ったけれど、それが余計にダメだった。

クラスメートたちは和弘へ白い視線を向けている。

「最高だなこれ！」

人一倍下品な笑い声を上げたのは、剛だった。

本気でツボにはまっているようで、体を曲げ、お腹を抱えて笑い続けている。

「違う！　こんなのは嘘だ！」

ブンブンと左右に首を振って訴える和弘。

けれど、そんな和弘に手を差し伸べる生徒は一人もいなかった。

雑誌を見せたことだし、和弘に近づきたいと思う生徒なんていなくて当然だ。

「ちょっと可奈。やめなよ」

直美が、おずおずとした様子で近づいてきた。

「あ、ごめん。直美が書き込みたかった？」

わざとそう尋ねると、直美は目を見開いて左右に首を振った。

「そんなわけないじゃん！」

「そっか。だったらいいじゃん」

そっけなく返事をしてポイントを確認する。

今度の秘密はかなりよかったようで、一気に一〇〇〇ポイントが入っている。

それを確認してこっそりガッツポーズを作る。

このレベルの秘密をどんどん書き込んでいけば、商品はもちろん、一億円だって夢ではないのだ。

「ねぇ可奈。本当に大丈夫だよね？」

弘江があたしの肩を掴んで聞いてきたので、あたしは首をかしげて弘江を見つめる。

「大丈夫って、何が？」

「あたしたちの関係。崩れないよね？」

なんだ、そんなことを気にしているのか。

「大丈夫だよ。だってあたしたち三人は親友でしょ？」

あたしはそう言って、弘江に笑顔を向けたのだった。

暴露大会

ホームルームが終わった頃、示し合わせたようにオタクメンバーたちが登校してきていた。

みんなで昨日の掲示板について話でもしていたのかもしれない。

誰が誰の秘密をバラしたのかを。

教室へ入ると同時に、あたしたち三人を見て怯えた表情になるオタクメンバー。

あたしたちから距離を取って席へ向かおうとしていることがわかったので、あたしはわざと呼び止めてやった。

「おはようゆかり。今日はどうしたの？　みんなで遅刻して」

ニヤニヤと口角を上げながら聞くと、ゆかりは肩をビクリとさせて立ち止まった。

「べ、別に……」

たったそれだけのセリフで噛んでいる。

あからさまな動揺が面白い。

「ごめんね、みんな」

もう少しからかって遊ぼうと思っていたのに、横から直美が謝罪の言葉を口にしたので、あたしはバレないように舌打ちをする。

「先に書き込まなきゃ、自分たちがターゲットになると思って……」

「ちょっと直美」

さすがに弘江が止めに入った。

なんでもかんでもしゃべってしまう直美には呆れる。

今の言葉を聞いた他の生徒たちも、あたしたちのように動き出すかもしれない。

「あたしたちの秘密を、誰から聞いたの？」

直美のせいで、ゆかりがそんなことを聞いてきた。

「そんなの、掲示板を見ればわかるじゃん」

あたしは横から言う。

秘密を書かれていないオタクメンバーはただ一人。

信吾だけなんだから。

「……そうなのかなって思ってたけど、でも違うって。友達だからって……」

ゆかりの声が震えている。

しかも、怒りなのか悲しみなのかわからないけれど、うつむいたまま顔を上げようともしなかった。

「じゃあ、本人に聞いてみなよ。教えてくれないだろうけど」

あたしはからかうような口調で言うと、笑った。

こうして人をからかって遊ぶことも面白い。

剛たちの気持ちが少し理解できる気がした。

ゆかりはそれ以上何も言わず、自分の席へと走っていってしまった。


「ちょっと、あんなこと言っていいの？」

弘江が不安げな表情で尋ねてくる。

「何が？」

「信吾のことだよ。あんなこと言ったら、もう信吾から秘密を貰うことができなくなるかもしれない」

「そうなる前に手は打ってあるよ」

あたしは弘江にスマホを見せた。

それは、信吾とあたしのメッセージのやりとりだった。

オタクグループが登校してくる前に連絡し合っていたのだ。

《可奈・やっほー！　今日って学校来る？　学校に来たらさ、絶対に信吾が秘密をバラした犯人だって疑われるよねー？　どうする？》

《信吾：どうするって言われても……》

《可奈：こういうのはどう？　信吾の秘密をあたしに教えてよ。それを掲示板に書き込んであげる！　そうすれば信吾は疑われないよね？》

たったこれだけのやりとりで、信吾はあたしに秘密を教えてくれたのだ。

「信吾の秘密は弘江が書き込んでよ」

あたしの言葉に、弘江は「え？」と眉を寄せてあたしを見た。

「あたしばっかり書き込んでたら、余計に怪しいじゃん」

「そうだけど……」

弘江は明らかに躊躇していて、その気持ちはよくわかった。

だって、ポイントが貰えるのはありがたいけれど、完全な悪者に成り下がるのも嫌だった。

「ほら、早く」

あたしがせっつくと、ようやく弘江はスマホを取り出した。

「信吾の秘密って何？」

「盗撮」

ごく普通の口調で言うと、弘江の顔がサッと青ざめた。

「安心して、下着とかそういうのじゃないから」

「そっか、なんだ、びっくりした……」

あたしがフォローすると、ホッと胸を撫《な》でおろす弘江。

それを見て、また笑いそうになってしまう。

信吾が好きなのは弘江だ。

なのに、どうして盗撮の相手が自分自身だと気がつかないのだろう。

あたしが弘江の立場だったら、下着じゃなくても嫌だと感じるだろう。

「書き込んだよ」

弘江がそう言うと同時にスマホが震える。

こうしてちゃんとチェックできるのも、このアプリのいいところだった。

あたしは書き込まれた内容を確認してほほ笑んだ。

「これで信吾も被害者だね」

あたしは、オタクグループへ視線を向ける。

犯人だと思っていた相手の秘密が暴露されたことで、混乱しているのがわかった。

「こんなことしてたら、友達が全員いなくなっちゃう……」

直美がスマホを確認し、泣きそうな表情で言った。

「大丈夫だよ、直美」

あたしは直美の手を握りしめる。

「こんなのはね、すぐに浸透して当たり前に変わるから」

「え？」

首をかしげる直美に、あたしはほほ笑んだ。

「まぁ見てなって。教室内がどう動いていくのかをね……」


それは昼休みに入る前からはじまった。

クラスメートたちがスマホを開く回数が多くなり、『秘密』、『ポイント』という単語が多く聞かれるようになってきた。

「俺も書き込んでみようかなぁ」

あからさまに大きな声で言う男子生徒まで現れる。

一人二人と暴露しはじめれば、みんなもそれに便乗しやすくなるものだ。

「ちょっと可奈。あたしたちの秘密が暴露されたらどうする？」

お昼になると、教室内の変化に気がついた弘江が尋ねてきた。

「大丈夫だよ。あたしたちのクラスカーストは低くないから」

あたしは、お弁当のウインナーに箸を伸ばしながら言う。

「散々オタクグループのことを書き込んだんだから、そっちが先にターゲットになるはずだよ」

そう続けた矢先だった。スマホが震えてメールの受信を知らせた。

ほら来た。そう思い、画面を確認する。

《西前朋子からの暴露！　奥村ミユキは水虫！》

その内容にクラス中が一斉に噴き出した。

「朋子⁉」

ミユキが悲鳴のような声を上げるけど、教室内に朋子の姿は見当たらない。

どこか別の場所から書き込んだようだ。

あたしは必死に笑いをこらえて、「ほらね」と弘江へ向けて言う。

あたしたちは、まだ大丈夫なのだ。

先に書き込んだ剛たちだって無傷でいる。

これは教室内での立場が大きく関係しているのだ。

「お前、水虫だったのかよ！」

「気持ち悪いな！　うつるだろうが！」

あちこちからミユキへ向けてヤジが飛ぶ。

ミユキは顔を真っ赤にして教室から逃げ出してしまった。

「そういえば、あたしも文香たちの秘密を知ってるかも」

教室のどこからかそんな声が聞こえてきて、含み笑いの声が混じった。

そうなれば、もうあっという間だった。
クラスの大半の生徒がスマホを取り出して、いじりはじめたのだ。
次から次へと書き込まれていく掲示板。
そのたびに、みんなのスマホがせわしなく震えた。
しかし、書き込まれる相手は必ずオタクグループだけだった。
クラス内に暗黙のルールができあがったような感覚だ。
掲示板を確認していくと、面白い暴露がたくさん書き込まれている。
しかし、それはどれも些細なことで別にびっくりするような秘密ではない。
誰でも持っているような、それこそ、ミユキの水虫程度の暴露だ。
ポイントもずいぶんと低い。
信吾から聞き出した秘密を上回るネタは何もない。
それを確認したあたしはニヤリと笑った。
これでターゲットはオタクグループに絞られた。
「思ったとおりの展開だよ」
あたしは小さく呟いたのだった。

予想外

それから数十分後。

掲示板の中はオタクグループに関する秘密で埋まっていた。

当人たちは教室から出ていってしまい、戻ってこない。

これだけのことをバラされたら、さすがに戻ってくることはできないだろう。

あたしはただ一人教室に残っている信吾へ視線を向けた。

信吾は視線を伏せて読書をしているけれど、気にしていないはずがなかった。

時折視線を上げて弘江のほうを気にかけているのがわかる。

クラスメートたちの手によって信吾のことも書かれていたけれど、それは些細なことだった。

だから、こうして教室に止まってこちらの様子を見ているのだろう。

信吾からはまだまだ秘密を聞き出さないといけないから、あとで優しくしてやろう。

そう思った時だった。

再びスマホが震えてあたしは視線を落とす。

また【秘密暴露アプリ】からのメールだったけれど……リンクを開いた瞬間、思考回路が停止した。

教室内が一瞬静かになり、次の瞬間爆発的なざわめきが沸き起こる。

「嘘……」

思わず呟いていた。

「何これ、ちょっと！」

弘江が焦った様子であたしに聞く。

「あたしに聞かれたって知らないよ」

だって、書き込んだのはあたしじゃないもん。

そう思いながら、あたしは教室に視線を巡らせて書き込んだ本人を探した。

……いた。

本人は次の授業で使う教科書を広げ、何食わぬ顔で勉強している。

「克也……？」

あたしは自分の席を立ち、大人しい系グループの克也へと歩み寄った。

克也は教科書から視線を上げてあたしを見た。

いつもと変わらない様子にこちらが躊躇してしまう。

次の言葉を繋《つな》ごうとした時、あたしの後ろから美花がやってきて、「あんた、すごい秘密を持ってたんだね！」と克也に声をかけていた。
あたしは出かけた言葉をのみ込み、半歩下がって二人の様子を眺めた。
あたしの聞きたいことは美花が今聞いてくれた。
「あぁ……昔、付き合ってたから」
興味なさそうな声色で答える克也。
「へぇ！　あんたと文香って付き合ってたの？」
美花が意外な様子で尋ねる。
あたしも初耳だった。
オタクの文香と大人しい克也の組み合わせが想像できない。
「文香の援助交際を知って別れたんだ」
克也はそう言うと、ひそかに眉を寄せた。
その表情から、克也は文香に嫌悪感を抱いているのだろうということがわかった。
あたしはもう一度スマホに視線を落とした。
《笹木克也からの暴露！》
そのあと、文章は続いていない。代わりに一枚の写真が貼られていた。
なんと、文香の全裸の写真だったのだ。
この書き込みだけで克也には一万ポイントも入っている。

全裸で、しかも修正されていない写真ならこれほどの価値が出るんだ。

あたしは自分でも知らない間に舌なめずりをしていた。

もっと過激で、面白い書き込みをすれば簡単に一億ポイント稼ぐことができるかもしれない。

「ポイント、何と交換するの？」

美花が克也に聞いている。

最初はアプリに関して否定的だった美花も、今は興味津々だ。

うかうかしていたら、先にポイントを取られてしまうかもしれない。

あたしはそっと二人から離れて自分の席へと戻ったのだった。

克也が文香の写真を投稿したのを最後に、この日は掲示板への書き込みが途絶えていた。

みんな、あの書き込みのあとでは何も書けなくなるのは当たり前だった。

それくらい、インパクトがあった。

「二人とも、今日は時間ある？」

放課後になり、あたしは弘江と直美に声をかけた。

「あるよ、何？」

弘江が即答してくれた。

「今から裕の家に行こうと思うんだけど、一緒に行かない？」

「裕の家……？」

あたしの提案に、直美が首をかしげる。

「うん。あれから学校に来てないし、心配でしょ？　様子が気になるんだよね」

あたしがそう言うと、直美はすぐに頷いた。

「可奈は裕の家を知ってるの？」

「うん。途中まで帰り道が一緒なんだよ」

あたしは直美へ向けて嘘をついた。

本当は、さっき先生に直接聞きに行ったのだ。

「本当に、様子を見てくるだけ？」

弘江は疑い深い表情をこちらへ向けている。

さすがに弘江は、すぐには信用してくれないみたいだ。

「ついでに、いろいろ話をしようと思うよ」

そう言うと、弘江は「そうだよね」と笑った。

あたしが言いたいことは、それで伝わったようだ。

のんびりしていたらクラスメートたちの大きな秘密を、誰かに奪われてしまうかもしれない。

　そうなる前に、また先手を打ちに行くのだ。

　だけど、弘江のやる気がある表情を見たのは意外だった。てっきり嫌がると思っていた。

「何？　どういうこと？」

　直美は一人、あたしと弘江を交互に見て首をかしげている。

「なんでもない」

　弘江が左右に首を振って答える。

　一人のけ者扱いになってしまった直美は仏頂面をしているけれど、細かく説明する気はなかった。

　そんなことをすれば、直美はきっと反対するだろう。

「早く行こうよ」

　もたもたしている直美へ向けて弘江が言う。あたしも同じ気持ちだった。

　イジメを受けている裕だから、いろいろと面白い話を知っていそうだ。

「行くよ、直美」

　あたしは二人と一緒に、教室を出たのだった。

欲しい物

裕の家は小さな一軒家だった。
瓦《かわら》屋根で、クリーム色の外壁をしている。
ところどころヒビの入った壁は年期が入っていることを物語っていた。
チャイムを鳴らすけど、中から人が出てくる気配はない。
けれど電気がついているので、きっと誰かがいるのだろう。
「裕、いるの？」
あたしは玄関に近づいて声をかけた。
「学校のプリント持ってきたよ！」
そして、先生から預かってきたプリントを持ってヒラヒラさせながら続ける。
裕としても勉強は続けたいところだろう。
せっかく大学へ進学するのだから、高校は卒業しなきゃいけない。
そう思って待っていると、案の定、裕が姿を見せた。
玄関の引き戸を少しだけ開けて、こちらを警戒するように見てくる。

「そんな顔しないでよ。あたしたちは何もしないって」

話をしなければいけないから、ここで帰ることはできないけど。

あたしは笑顔を貼りつけて裕を見た。

「プリント……」

すると、裕は呟くように言うと手を出す。

「持ってきたけど……ちょっと話をしない？」

裕は、そう言ったあたしを睨みつけてきた。

学校では見たことのない裕の反抗的な表情に、ひるみそうになる。

裕は今、誰のことも信用できなくて、疑心暗鬼になっているのだろう。

あたしが裕と同じ立場なら、きっと似たようになっていたと思う。

「話なんて何もない」

「そんなこと言わずにさ。ほら、学校に来なきゃ卒業できないし進学できないじゃん？　なんとかならないかなって思ってるんだよ？」

「大きなお世話だ。お前たちだって人の秘密を書き込んだだろ」

裕の心は固く閉ざされてしまっているようだ。

だけど、時間をかけて心を開くなんてことはできない。

そんな暇はないんだから。

「剛たちを懲らしめてやりたいと思わない?」

戸が閉められてしまう寸前、あたしは言葉を投げる。

すると、裕が動きを止めてあたしを見る。

その目には興味が浮かんできているのがわかった。

自分を傷つけた相手を懲らしめることができるのなら、誰だって興味くらい持つだろう。

「手伝ってあげるよ。裕の復讐《ふくしゅう》を」

あたしがそう言うと、裕は怪訝そうな表情をこちらへ向けながらも玄関を開けてくれたのだった。


裕の部屋は六畳の和室だった。

畳の上に青い絨毯《じゅうたん》が敷かれ、小さなテーブルと大きな勉強机がある。

机の横には壁一面に本棚が置かれ、難しそうな勉強の本が、ぎっしりと詰め込まれていた。

それを見ているだけで、あたしは少し息苦しさを感じてしまうほどだ。

「どうぞ」

裕はキッチンから麦茶を持ってきてくれた。

「ありがとう」

あたしはお礼を言うと麦茶をひと口飲んだ。

よく冷えていて、おいしい。

弘江と直美も口をつけたところで、あたしは本題を切り出した。

「このままじゃよくないよね」

「当たり前だろ」

裕は相変わらず、ぶっきらぼうに返事をする。

勉強はできても腕力では敵わない。

どうすることもできないのだろう。

「裕はすごいもの持ってるのに、どうして利用しないの？」

「は？」

あたしの言葉に、裕は眉間にシワを寄せた。

本人はまったく気がついていなかったようだ。

イジリに耐え続けてきた結果、それが相手の弱みになるなんて考えつかなくなってしまったのだろう。

「これは【秘密暴露アプリ】だよ？　剛たちが裕にやってきたことだって掲示板に書き込んでいいんだよ？」

あたしの話を聞いた裕が、「あ……」と小さく口を開けた。

「裕が見てきたことは全部ネタになるんだよ」

「でも、誰が書き込んだのかバレる」

裕はそう言って視線を伏せた。

剛たちからの復讐が怖いのだろう。

「それなら、あたしたちが書き込んであげるよ」

あたしは満面の笑みを浮かべた。

裕は復讐ができる。

あたしたちにはポイントが入る、という計算だ。

「お前らが……？」

裕は、まだ疑い深い視線をこちらへ向けている。

一度ひどい経験をしたのだから、疑い深くなっても不思議じゃなかった。

「裕の名前は絶対に出さないし、人づてに聞いたことにする。剛の噂を拓郎から聞いたってふうに言えば、仲間割れさせることもできるかもしれない」

そう言いながら、楽しくなっている自分がいた。

人の秘密を知ることは面白い。

それを使ってポイントを稼ぐことだって、もちろん面白い。

大好きなおもちゃを与えられた子犬のような気分だった。

裕も少しずつ気分が乗ってきたようで、「本当に大丈夫なのか？」と確認するように尋ねてきた。

「大丈夫だよ。うまくいけばまたすぐに学校に来られるよね？」

「あぁ、そうだな。そうだよな」

裕は何度も、うんうんと頷いている。

「あいつらを学校に来られなくして、俺が学校へ行くべきだ」

「あたしもそう思うよ」

弘江が裕に同意している。

直美は戸惑っている様子だけれど、口を挟まずにジッと様子をうかがっていた。

「それなら話は早いよね」

あたしはペンとメモを取り出した。

イジメの時の写真や音声があればなおいいのだけれど、これればかりは仕方がない。

「剛たちは学校外でも何かしてた？」

あたしが尋ねると、裕は大きく頷いた。

「休日になるとときどき外へ連れ出されて、いろいろと奢らされたよ」

「たとえば？」

「ご飯とか、洋服とか、ゲーセンとか、なんでもだ」

そう言いながら、裕は机の一番下の引き出しからクッキーの缶を取り出した。

テーブルの下でそれを開けてみると、レシートがぎっしりと詰まっている。

「返してもらえるとは思えないけど、一応全部、取っておいたんだ」

その量は、缶から溢れ出すほどだ。

あたしと弘江は思わず目を見交わせていた。

家の外観から裕の家は一般的な収入なのだとわかる。

それがここまで奢らされたら、相当な痛手だろう。

「裕ってバイトしてたっけ？」

「バイトなんてしてる暇があったら勉強するよ。俺はあいつらよりも優秀だから、いい大学を出ていい会社に入る」

直美の質問に左右に首を振って応える裕。そんな裕に、あたしは頷いた。

剛たちへの反発心から、勉強に力が注がれていたようだ。

「じゃあ、このお金はどこから？」

ところが、あたしが質問を投げると、途端に裕は口ごもった。

自分のお金ではないということなんだろう。

裕の秘密を知れるチャンスではあったけれど、ここでは何も聞かないことにした。

「このレシート、写真撮ってもいい？」

「あぁ、いいよ。あいつら人に奢ってもらった物なんて覚えてないだろうしさ」

裕はそう言って鼻で笑った。

こうして陰で笑うことでストレスを発散していたのかもしれない。

レシートの写真を撮ってその金額を足していくと、総額で数十万円近くになることがわかった。

あたしは呆れて、ため息をつく。

剛たちは本当にやりたい放題だったみたいだ。

イジリなんてレベルはとうに超えている。

「剛たちもひどいけど、健人もひどいんだ」

レシートを片づけた裕が途端に切り出した。

「健人とは仲がいいんじゃないの？」

意外に思って尋ねると、裕は「そんなんじゃない！」と眉を吊《つ》り上げて怒鳴った。

いきなり豹変《ひょうへん》した裕に驚きながらも、あたしたちは話に耳を傾けた。

「何があったの？」

刺激しないよう柔らかな口調で聞くと、裕は気持ちを落ちつかせるように麦茶をひと口飲み、ゆっくりと口を開いた。

「最初にイジメられていたのは俺じゃない。健人なんだ」

「え?」

あたしは驚いて目を見開く。

弘江も直美も、驚いているようだった。

健人もよくイジられたりしているのを見たことがあるけれど、裕ほどひどくはなかったはず。

「どういうこと?」

「二年から三年に上がる寸前まで、ずっと健人が剛たちにイジメられてたんだ。俺はただの傍観者。言い方は悪いけど、見て見ぬふりをしてた」

直美が真剣な表情で尋ねると、裕は気まずそうに答えた。

それはきっと、あたしたちと同じ立場ということなんだろう。

「それがある日、たまたまイジメの現場を通りかかったんだ。放課後、校舎裏のゴミ捨て場に行った時だった――」

聞けば、その日の裕はゴミ当番になっていたらしく、放課後の掃除時間に一人でゴミ捨て場を訪れた。

すると、そこに健人たちの姿を見つけたらしい。

「ヤバいと思ってすぐに引き返そうとしたんだ。でも、あいつ……健人が俺を引き止めたんだ」

『ありがとう！　俺を助けに来てくれたんだろ？』

突然健人にそう言われた裕は、動けなくなってしまったらしい。

偶然通りかかっただけだと言えばよかったのに、それも言えずに棒立ちになる。

『なんだよお前、こいつのダチか？』

剛たちがニヤニヤと嫌らしい笑顔を浮かべながら自分に近づいてくる。

逃げなきゃ。

頭ではそう理解していても、体が言うことを聞かなかった。

気がつけば裕は健人と同じように教室内でイジられるようになり、次第にそれが激しさを増していったそうだ。

「健人って最低」

弘江が顔をしかめて言う。

裕側から見ればそうだろう。

でも、ずっとイジメを受けていた健人からすれば、藁《わら》にもすがる思いだったに違いない。

ずっと見て見ぬふりをしていたクラスメートに、救いを求めたのだ。

それは、責めることのできないことだった。

「へぇ、そんなことがあったんだ……」

あたしは今の話をメモしながら裕の表情をうかがうと、強い怒りがこもっていた。

この様子なら健人についての秘密をもっと教えてくれそうだ。

「他には何かある？健人にやられたこと」

「たくさんある。言っても言っても終わらないくらいだ」

裕は吐き捨てるように言うと座り直した。

ここで洗いざらい真実を話すつもりでいるのかもしれない。

その様子にあたしは内心ニヤリと笑った。

まずは健人のことを暴露して、剛たちのことはそのあとに書こう。

早まって自分たちがイジメのターゲットになるのは避けたい。

「教えてくれる？」

あたしは裕へ向けて優しく言ったのだった。

興味

「ポイントで何を貰うの？」

裕の家から出て歩いている時、不意に後ろから聞かれた。

一瞬、弘江かと思ったら、その質問は直美からのものだった。

振り向くと、その質問は、あたしと弘江に向けられたものであることがわかった。

「あたしは彼氏が欲しい」

先に答えたのは弘江で、その返事に直美がホッとしたように笑った。

「そっか。あたしはバッグがいいなって思ってる」

弘江が答えてくれたおかげなのか、直美ははっきりとした口調で欲しい物を明かした。

「なんだ、二人ともポイントのこと気にしてるんじゃん」

あたしは安堵すると同時に言った。

「そりゃね。最初はどうなのって思ったけど、どんどんポイントが貯まっていくのを見たら、興味が出てきちゃう」

弘江が、なんでもないことのように言った。

「そうだよね。でも、彼氏を派遣してもらうなら、もっとポイントを集めなきゃね」

直美が笑いながら言う。

言い方は変えているけれど、『もっとポイントを集めなきゃね』は、『たくさん暴露しなきゃね』という意味だ。

直美はいつまでも消極的な意見だろうと思っていたので、正直驚いた。

これなら、みんなの秘密を集めやすくなりそうだ。

「ねぇ、二人とも。いくらポイントが欲しくてもあたしたちは親友だからね？」

あたしはいったん立ち止まり、二人へ向けて言った。

「当たり前じゃん」

弘江が頷きながら答える。

「そうだよ。あたしたちは友達」

そして、直美も頷いてくれた。

これから先のことを考えると、クラスメートたちの関係がどんどん崩れていくのは目に見えている。

それでも、この三人だけは変わらない。

そうでないと、まわりが敵だらけになってしまう。

「よかった」

あたしはホッとして言うと、ほほ笑んだのだった。

翌日学校へ行くと、克也の机のまわりにクラスメートたちが集まっていた。

昨日一万ポイントを稼いでいるから、賞品の話で盛り上がっているようだ。

「俺、この財布がずっと欲しかったんだよ」

話の中心にいる克也は、スマホを机の上に置いて熱く語っている。

「どれ？」

あたしは克也の後ろから声をかけ、スマホ画面を覗き込んだ。

表示されていたのは高級ブランドの財布だった。

普通に買えば十四万円くらいはするだろう。

「オシャレだろ？」

克也はそう言いながら賞品交換ボタンをタップすると、スマホ画面は切り替わり、

［賞品交換の承認待ち］と表示された。

「これ、承認されなかったら賞品と交換できないってこと？」

克也を取り囲んでいた美花が疑問を口にする。

「たぶん、そうなんだろうな？」

克也は首をかしげて言った。

今までポイントを賞品と交換した生徒はいないから、よく見ておかないといけない。

しばらく待っていると、克也のスマホに【秘密暴露アプリ】からのメールが届いた。

《賞品交換承認通知。

ポイントと賞品の交換が承認されました。

明日、指定された住所に賞品を送ります》

その文章の下のほうには、URLが書かれている。

「早くタップしてみてよ」

美花が目を輝かせて克也を急かす。

「わかってるって」

克也はそう言い返しながら、URLをタップした。

出てきたのは名前と住所の入力フォームだった。

「これに入力すれば賞品が届くんだね」

これで本物の賞品が届けば一億円だって本物ということになる。

ウキウキする気分とは裏腹に、克也はなかなか住所を入力しようとしない。

「早くしなよ」

あたしと同様にウズウズしてきたのだろう、美花が急かすように言って克也を睨みつけた。

「わかってるけど……これ、本当に大丈夫なのかな」

克也は不安げな表情になっていた。

大丈夫かどうか、お前が試せばわかるだろ！

そう思っていたけど、グッと言葉をのみ込んだ。

「アプリ自体が変だし、だいたいこんな豪華な賞品、このクラスの生徒のためだけに買うかな？」

克也が不安になるのは、もっともだった。

もしもあたしが克也の立場なら、まず入力はしないだろう。

誰かが安全に賞品を貰ったことを確認してから、行動するに違いない。

「大丈夫だよ克也。このアプリは他言無用なんだよ？　相手側だって変に騒がれたりしたくないだろうから、賞品はちゃんと届くと思う」

あたしはゆっくりと、優しい口調で言う。

「そうかな？」

だけど、まだ信じきれていない様子の克也。

「きっとそうだよ！」

あたしに応戦するように口を開いたのは、美花だった。

「個人情報の管理とかも心配だよな」

「個人情報を流すのも、相手にとって不利になるよ。A組の生徒の情報ばかりが流れてたら、さすがに誰かがおかしいって感じて調べはじめるよ」

あたしが言うと、克也は納得したように頷いた。

本当のところがどうなのかなんて関係ない。

今は克也に入力させることが大事だった。

「それならやってみるよ」

克也は個人情報を入力しはじめたのだった。

昼休み、教室でお弁当を広げていると、弘江がため息をついた。

「どうしたの？　ため息なんてついて」

あたしは箸を止めて尋ねる。

弘江は箸を止めて「ドキドキするなって思って」と、ほほ笑んだ。

「なんのこと？」

最初に尋ねたのは直美だ。

「克也の賞品がちゃんと届くかどうかだよ」

「弘江も興味あったんだ？」

ウインナーを口に運んで聞くと、弘江は大きく頷いた。

「当たり前じゃん！　本当に賞品が届けば、彼氏だってできるってことなんだから！」

そういえば、弘江が欲しい賞品は彼氏だっけ。

「人間が届くのかな？　家に？」

考えたらおかしくて笑ってしまう。

すると弘江はムッとした表情になって、「そんなの嫌だ。きっと出会いまでちゃんと考えてくれるんだよ」と言った。

「そんなことまでしてくれるのかな？」

恋愛ゲームじゃあるまいし、理想的な出会いまで演出してくれるとは思えなかった。

だけど弘江はそれを期待して目を輝かせている。

「なんにせよ、克也の賞品が届くかどうかだよね」

あたしはそう言いながら、お弁当の蓋を閉めたのだった。

賞品

それから三日間、【秘密暴露アプリ】では小さな暴露が続いていた。

あたしたち三人も、人から聞いた秘密を少しずつ掲示板に書き込んでいる。

でも、貯まっていくポイントは少なくて、もどかしくなってしまう時もあった。

知っている秘密を今すぐ全部書いてしまいたい。

だけど、それをしてしまうと誰もあたしたちのことを信用してくれなくなるため、できなかったのだ。

もっとたくさんの秘密を手に入れて、一億円に到達できると確信した時に、知っているすべての秘密を書き込んでいく。

そうすれば、一億円は確実に手に入るだろう。

時間はかかるけれど、仕方がない。

「克也！　そろそろ届いたんじゃない⁉」

突然そんな声が聞こえてきて、あたしは教室の前方へ視線を向けた。

ちょうど克也が登校してきたところで、美花が走って近づいていった。

最近の美花は、ずっとこの調子だ。

「あぁ、届いたよ」

克也の言葉に教室内がざわめいた。

みんな、なんだかんだ言いながらも興味があったのだろう。

あたしも、すぐに克也へと近づいていく。

「これ、昨日の夕方に届いたんだ」

克也がカバンから取り出したのは、【秘密暴露アプリ】で見た賞品とまったく同じ財布だった。

「これ、本物⁉」

あたしは高級ブランドの財布を食い入るように見つめながら口を開く。

「もちろん。昨日リサイクルショップに行って見てもらったら、本物だった」

克也は、うれしそうに財布を見せびらかしてくる。

「すごい……」

あたしの隣で美花がボソッと呟き、あたしは、その言葉に頷いた。

「アプリ内に掲載されている賞品は全部本物で間違いないね」

後ろから声をかけてきたのは弘江だった。

「そうだね」

これから先、みんなの投稿もヒートアップしていくかもしれない。

ライバルが増えることになるけれど、賞品には数量限定という記載はない。

欲しい物が被ってしまっても大丈夫なわけだ。

あたしは自分のペースで一億ポイントを貯めることができる。

あとは、自分が暴露のターゲットにされないよう、細心の注意を払っていればいいいだけだった。

「素敵な彼氏ができるといいなぁ」

弘江の、夢見がちな声が聞こえてきたのだった。

それから学校が終わるまで、スマホは定期的に震えて誰かの暴露が投稿されたことを知らせていた。

昨日までとは違い、明らかに暴露の回数が増えている。

中には自分の秘密を書き込む生徒もいた。

内容は些細なことだけれど、みんなそこまでしてポイントを稼ぎたいのだ。

「自分の秘密を暴露するのも、一つの手なんだね」

帰り道、あたしは弘江と一緒にスマホを見ながらそう言った。

「そうだね。誰も傷つけないし、ポイントも貰える」

「……それならいいかも」

直美がおずおずと会話に入ってきた。

「何か書いてみる？」

あたしは二人へ向けて尋ねる。

「そうだね。それなら小学校の時の失敗とかでいいんじゃない？」

弘江が直美に聞く。

「自分のクラスを間違えちゃったとか？」

「あはは！　あるよね。そのくらいかわいい秘密ならどんどん書いていいと思うよ」

ポイントはさほど高くない。

けれどバレても恥ずかしくないし、むしろかわいくて好印象になりそうなものばかりを書き込んでいく。

家に帰るまで、あたしたち三人はずっと掲示板に書き込みを続けていたのだった。

翌日の朝早い時間にスマホが鳴り、あたしは重たい目を開けた。

時間を確認するとまだ五時半だ。

こんな時間になんだろう……。

寝ぼけたまま手探りでナイトテーブルの上のスマホに手を伸ばす。

眩しさに目を細めながら確認するとそれはアプリからのメールだった。

ハッとして上半身を起こし、内容を確認する。

《今岡拓郎からの暴露！

二宮良平は昔、大麻を吸っていた》

自分の暴露ではなかったことに安堵し、同時にその内容に驚いた。

良平は克也たちと同じ大人しいグループだ。

克也が文香の全裸写真を投稿したのだって驚いたのに、今度は良平が大麻？

「そういえば昔は派手だったって言ってたっけ……」

あたしは呟きながら、再びベッドに寝転んだ。

中学時代までは良平も剛たちのように派手で、悪いこともたくさんしていたようだ。

高校に入学してから徐々に大人しくなったのだと、噂で聞いたことがあった。

しかし、大麻までやっていたなんて……。

予想もしていなかったことに、眠気は吹き飛んでしまった。

掲示板をスクロールして確認してみると、拓郎の前の書き込みはあたしたちで止まっていた。

どうしてこのタイミングでこんなことを書いたんだろう。

あたしたちの書き込みが薄っぺらい内容に見えてしまう。

ポイントだって当然差がついていた。

自然と歯を食いしばり、悔しさを感じていた。

あたしのほうがもっと面白くて、すごい暴露ができるはずだ。

そう思い、スマホを握りしめたのだった。

「すごい暴露だったよね」

教室までの廊下を歩きながら直美が口を開く。

「……そうだね」

早い時間に叩き起こされたせいで、まだ眠たいあたしは中途半端に頷いた。

どんな時間でも書き込みがあればメールが届くというシステムだけは、どうにかしてほしい。

「大麻とか、本当なのかな？」

弘江も興味津々だ。

「わかんない。でも、書き込まれてたんだから本当じゃないの？」

そんなのあたしにだってわからないことだった。

そして教室内へと足を踏み入れた瞬間、良平の笑い声が聞こえてきて、あたしたちは立ち止まっていた。

異常な笑い声に恐怖心が湧き上がる。

あの書き込みが本物で、正気を失った良平が教室にいるのかと思ってしまった。

だけど、教卓を見て今度は後ずさりをしていた。

教卓の上に全裸の男がいる。

両手を鎖で繋がれ、鎖の端は天井に固定されている。

男は誰かに暴行を受けたようで顔や体のあちこちから血が滲んでいた。

誰だか判別できないくらいに腫れ上がった顔。

血の臭いが微かに漂っていた。

「何……これ……」

直美が怯えた声を出し、あたしの腕を痛いほどに掴む。

「あははは！　拓郎だよ、見てわからないか？」

笑い続ける良平が言う。

拓郎……？

腫れた顔をよく確認してみると、確かにそれは拓郎だった。

「まさか良平がやったの？」

弘江が尋ねると、良平は肩をすくめて「俺がこんなことできると思うか？」と聞いてきた。

確かに、良平一人ではできそうにない。

キャラ的にもそうだけど、そもそも体格差がありすぎる。

物理的に無理なのだ。

「黒板を見てみろよ」

良平の言葉に黒板を確認してみると、そこにはチョークで【嘘つきにはペナルティを】と、書かれているのがわかった。

「嘘つき……？」

あたしは呟く。

とっさに思い出すのは昨日の書き込み内容だった。

良平は大麻をやっていたという書き込み。

「書かれた内容は嘘だったの？」

「俺は大麻なんてやってない。昔はちょっとヤンチャだったけど、そういうものに手を出したことは一切ない」

良平は強い口調で言いきった。

「見てみろよ。俺のスマホにだけこんなメールが送られてきてるんだ」

そして、スマホを見せてくれた。

それはアプリからのメールで《嘘をつかれたあなたにプレゼント！　嘘つきの写真

を投稿してね！》と、書かれている。

あたしは拘束されて意識を失っている拓郎へと視線を戻した。

「拓郎の写真を撮れってこと？」

「たぶん、そうなんだろうな」

良平はそう言いながら、スマホのカメラを起動させた。

「これを投稿したらどうなるのか、ちょっと楽しみだろ？」

良平の言葉に、あたしは一歩後ずさりをした。

みんなの前で宙づりにされている拓郎の姿が秘密なのかどうかわからない。

それでもアプリからメールが来ているということは、やってみてもいいということなんだろう。

後方から良平の様子をうかがう。

良平はさまざまな角度から拓郎の写真を撮りはじめた。

とても趣味がいいとは思えない写真が、どんどんスマホに溜まっていく。

でも、そんなことを気にすることなく、良平は拓郎を侮辱するような言葉を吐き捨てながら数分間写真を撮り続けた。

「よし、こんなもんだろう」

やがて満足したのか良平はスマホをイジリはじめた。

それを見て、あたしは自分のスマホを確認した。

きっとすぐにメールが届くだろう。

思ったとおり、数秒後にはアプリからのメールが届いていた。

《二宮良平からの暴露！》

その文字の後に数枚の写真が貼られている。

どれも目の前にいる拓郎のものだった。

ジッと見ていることができず、あたしは書き込みの最後に書かれているポイント数を確認した。

「え……」

確認した瞬間、絶句してしまう。

書かれていた数字は今まで見たことのない桁《けた》だったのだ。

「十万ポイント……」

クラスメートの誰かが、ぽつりと呟いた。

「へぇ、結構高額だな」

良平も自分の書き込みを確認して驚いた声を上げている。

「すごい。こんなに高ポイントが出るんだ」

あたしは横目で拓郎を見て、思わず呟いた。

でも、これは良平へのプレゼントだとメールには書いてあった。

普通に暴露写真を投稿しただけじゃ、ここまでいかないだろう。

自分たちが苦労して秘密をかき集めているのに、良平はいとも簡単に十万ポイントを手に入れてしまった。

その事実に歯ぎしりしたくなってしまう。

「おい、なんだよこれ！」

そんな声がして教室の入り口へと視線を向けると、剛と晃彦が立っていた。

教卓の上で鎖に繋がれている拓郎を見て、驚愕の表情を浮かべている。

「拓郎は嘘つきだから、ああなったらしい」

良平が説明をした。

「はぁ？　なに言ってんだよお前」

先に口を開いたのが良平だったからか、剛は良平を睨みつけている。

「メールを確認してないの？」

美花が剛へ向けて尋ねる。

「メール？　あぁ、何度も鳴ってうっとうしいから確認してなかった」

剛は面倒くさそうに言ってスマホを取り出した。画面をイジリながら、どんどん険しい表情になっていく。

「この書き込みが嘘だったから、こうなったってことか」

晃彦が拓郎を見ながら呟くように言う。

拓郎は相変わらず固く目を閉じている。

まさか死んでなんてないよね?

そんな不安が胸をよぎった。

「おい、大丈夫か?」

晃彦が教卓へ近づいて声をかける。

でも、拓郎は返事をしない。

「拓郎!」

晃彦が名前を呼びながら拓郎の太ももあたりを叩いた。

拓郎の指先がピクリと動き、目がうっすらと開いていく。

生きていたことにホッと安堵のため息を漏らした。

拓郎はぼんやりとした表情で教室の中を見回している。

「この鎖どうにか外れないか」

晃彦が剛へ向けて口を開く。

「ニッパーでもあれば切れると思うけど……」

教室内にそんな道具はない。

「先生を呼ぼうか」

直美の言葉にクラス全員が我に返ったような感覚だった。

拓郎がこんな状態なのに、先生に伝えないなんておかしい。

先生に伝えて病院へ連れていってもらうとかしないと……。

そう、それが正しい判断だった。

でも、この教室の中でそれを行う生徒は一人もいなかったのだ。

「呼ぶな」

そう声を上げたのは晃彦だった。

晃彦は教卓の上に上がり、鎖を外そうとしている。

剛は道具を探しに行っていた。

「バレたらどうなるかわからない」

晃彦が続けて言う。

きっとみんな、頭の中で同じことを考えていたに違いない。

高宏がメールの内容を無視して先生に言いに行った時と、同じことが起こる予感がしていた。

「あたしのお兄ちゃんを呼んであげる。車を持ってるから病院まで送ってもらえると思う」

敦子は焦ったように言うと、教室の後ろで電話をはじめた。

その間に、ニッパーを握りしめた剛が早足で戻ってきた。

「工具置き場から借りてきた」

そして、晃彦に手渡す。

美花がロッカーへと向かい拓郎の体操着を持ってきた。

みんな、クラス外の人間に事情を説明する気はないようだ。

拓郎の体はようやく鎖から外されると、晃彦と剛の二人が両脇を支えて教卓から下りてきた。

二人で支えるくらいなのだから、やはり良平ができることじゃないと思えた。

イスに座り、美花が用意した濡《ぬ》れタオルで体の血を拭《ふ》いていく。

それだけでかなり痛むようで拓郎はずっと顔をしかめたままだった。

「嘘はダメだよ、嘘は」

声を上げたのは、剛たちと仲のよい文子だった。

文子はさっきから不機嫌そうな顔を拓郎へ投げかけていた。

「ポイント欲しさか知らないけどさぁ、そういうことやるからみんなに怖がられるんじゃん？」

文子は吐き捨てるように言うと長い前髪をかき上げた。

妙に大人っぽい色気のある子だ。

「なんだよお前。拓郎に文句があるのかよ」

剛が文子を睨みつける。

「だって、嘘さえつかなかったらこんなことにならなかったんでしょ？　それなら自業自得じゃん」

なかなかキツイ意見をズバズバと言っている。

拓郎は反論する気力もないのか、体操着に着替えるとそのまま教室の床に横になってしまった。

いったい、いつから鎖でつられていたんだろうか。

「まぁ、確かにそうだよね。拓郎には悪いけど同情はできない」

そう言ったのは美花で、全員が驚いた表情を浮かべている。

美花は拓郎の味方だと思っていた。

「あんたらがイジメみたいなことしてるから、あたしたちも同じような目で見られてたしさ、普段から不満はあったんだよね」

美花の言葉に剛が眉間にシワを刻んだ。

目が吊り上がり、怒っているのが一目でわかる。

「そうだよねぇ。その上こんなことになっちゃうなんて、笑えるんだけど」

文子が美花に同調して笑い声を上げる。

「なんだと、お前！」

剛が文子に掴みかかろうとする。

「やめなよ！」

あたしはとっさに間に割って入っていた。

剛の手があたしの肩にぶつかり、あたしは床に倒れてしまった。

ゆっくり上体を起こしながら、痛みに顔をしかめて肩を押さえる。

「ちょっと剛、何してんの！」

文子と美花がしゃがみ込んで心配してくれる。

あたしは「大丈夫だよ」と言いながら立ち上がった。

剛は気まずそうな表情をしたまま、あたしから視線を逸らす。

トップグループが揺らいでいるのは、いい兆候だった。

これからアプリを使って、どんどん人間関係は崩れていくだろう。

そうすれば、秘密事も増えていくに決まっている。

そこまで考えた時、思わず舌なめずりしてしまった。

剛に肩を押されるくらい、どうってことはない。

「今は拓郎の心配をしようよ。敦子、お兄さんの車は？」

「今こっちに向かってくれてる。あと五分くらいで到着するってメールが来たよ」

「拓郎、歩ける？」

あたしが聞くと、拓郎は顔をしかめながらも立ち上がった。

血だらけだったけれど傷はどれも、たいしたことはなさそうだ。

「一緒に行くよ」

あたしは、拓郎を支えるようにして教室を出たのだった。

【トップグループ】
佐々木剛
今岡拓郎
大場晃彦
川島美花
土井文子

【大人しいグループ】
石岡高宏（入院）
笹木克也
二宮良平
澤勇気

【ギャルグループ】
西前朋子
村上敦子
柴田倫子

【オタクグループ】
坂本文香
岩田ゆかり
奥村ミユキ
大山和弘
野々上信吾

【普通グループ】
有木可奈
新免弘江
安藤直美

【最下位グループ】
和田裕
千田健人

事件

今回の一件で、あたしはトップグループに上手く取り入ることができたと思う。

最後に拓郎を校門まで送っていったことの点数は大きかった。

とくに美花や文子には感謝されて、昼休憩には一緒にお弁当を食べたくらいだ。

少しずつ、まわりの景色が変化していくのを感じる。

剛と晃彦の二人は今日は大人しく、アプリからのメールが届くこともなく一日が終わっていった。

明日からは、きっとまた違う一日がはじまるだろう。

トップグループの男子たちは今日の出来事で下位へ転落したと考えていい。

女子たちはあたしに好意的だ。

すべてが順調に進んでいるように感じて、あたしは鼻歌交じりにお風呂の準備をしていた。

着替えを持って部屋を出ようとした時、スマホが鳴った。

メールを知らせる音に立ち止まり、ベッドに着替えを置いて確認する。
それは【秘密暴露アプリ】からのメールだった。
今日はもう誰も暴露しないと思っていたけれど、誰かが投稿したらしい。
あたしはベッドに座り、リンクをタップした。
《今岡拓郎からの暴露！》
そう書かれた文字にあたしは目を丸くした。
今日のことで懲りたと思っていたけれど、まだ書き込んでいるのだ。
今度は真実なんだろうか。
疑いながら画面をスクロールしてみると、そこには動画が貼られていた。
タップして画面を大きくしてみると、右上に［ライブ］という文字が出てきた。
「何これ」
画面上には星空が映っている。
スマホを片手に窓まで移動して空を確認してみると、今日は満天の星が見えた。
拓郎は外にいるようだ。
画面は下へ下へと移動していき、目の前の人間を映し出していた。
「良平だ」
そこにいたのは良平だった。

なぜかまだ制服姿で、こちらを見て怯えた表情を浮かべている。

撮影者に向けた恐怖が、鮮明に映し出されていた。

「これを撮影してるのって拓郎だよね……？」

何をそんなに怯えているのだろう。

いくら拓郎のことが怖くても、あれほどボロボロの状態なのだから良平でも返り討《う》ちにできそうなものなのに。

そう考えていると、画面右下にキラリと光る物が見えた。

「何？」

月明かりでキラリと光るそれがナイフであると気がついた時、あたしは大きく息をのんでいた。

何これ。

『やめろ……やめてくれ……』

良平が後ずさりをしながら呟いている。

高宏が飛び降りた時、ライブ配信では音声が出ないのだと思ったけど、どうやら設定が変えられるようだ。

拓郎はずんずん良平へ近づいていく。

周囲はコンクリートに囲まれているようで、場所がどこなのかよくわからない。

街灯もないようでほとんど暗がりだった。

『よくも俺をバカにしたな』

拓郎の声が聞こえてきて画面中央にナイフが見えた。

良平へ向けて突きつけている状態だ。

『あれは俺の意思じゃない！ 俺はメールに書かれていたとおりにやっただけだ！』

『なんだと！ あんな写真何枚も撮りやがって、殺してやる……！』

叫んだ瞬間、ナイフが画面上から消えた。

拓郎が振り上げたのだ。

『やめろ‼』

良平が悲鳴を上げると同時に、画面がブレた。

呼吸をするのも忘れて画面を見つめていると、次の瞬間、血に染まった良平の腕が見えていた。

どうやら顔を腕でガードし、切りつけられたようだ。

「嘘でしょ……」

スマホを持つ手が震えてしまう。

こんなの嘘だ。演技に決まっている。

二人してみんなを驚かせようとしているんだ。

そう思おうとしても、体の震えは止まらなかった。
嘘をつくとどうなるのか、拓郎が一番よく理解しているはずだ。
そんな拓郎がまたこんな嘘をつくとは思えない。
つまりこれは……本物だ。
そう思った瞬間、体中に寒気が走った。
この動画は本物のライブ配信だ。
今まさに良平が腕から血を流しているのだ。
どんどん自分の呼吸が荒くなっていく。
どうすればいい？
警察？
でも、このアプリを人に見せることはできない。
あたしには何もできないのだ。
あたしは視線を逸らすこともできずに画面を見つめていた。
ナイフの先が再び良平へ向けて振りおろされる。
刃の先端が良平の頬をかすめ、血が滲んでくるのが見えた。
良平は立ち上がることすらできずに、やられるがままになっている。
その時、画面がブレた。

一瞬見えた手すりに見覚えがある気がして「あ……」と、小さく口を開いた。

でも、まさかあそこであるはずがない。

あそこはつねに施錠されているし、夜の今、開いているわけがない。

そう思ってみても、一年生の時に見たあの景色に似ている気がしてきてしまう。

『やめてくれよぉ！　俺が悪かったからぁ！』

画面上の良平は、ついに泣き出してしまった。

顔をクシュクシュに歪めて、その場で土下座をしている。

『悪いと思うならここから飛び降りろよ』

拓郎がそう言いながら、ナイフを良平へ向けて突きつける。

その時、再び手すりが画面上に映り込み、あたしはこの場所が学校の屋上であることを確信した。

今から行けば、二人を助けることができるかもしれない。

けれど、もちろん一人で突撃する勇気なんてなかった。

拓郎はナイフを持っているのだから、下手をすれば殺されてしまうだろう。

逡巡《しゅんじゅん》している間にも画面は切り替わっていく。

良平がどうにか立ち上がり、拓郎から逃げようと走り出したのだ。

だけど恐怖で足がもつれているのか、すぐに倒れ込んでしまう。

すると、倒れ込んだ良平に追いついた拓郎が右手を伸ばし、その胸倉を掴んで引き起こした。

『死ぬのが怖いか？』

拓郎の声には抑揚がなく、余計に恐怖心を加速させた。

今日の出来事が原因で、拓郎はどこかがキレてしまったのかもしれない。

拓郎が良平を胸の高さほどある手すりに押しつけた。

手すりの向こう側は死だ。

あたしは固唾《かたず》をのんで二人の様子をうかがった。

その時、ポンッと音がしてメッセージが届いたことを知らせた。

画面上部にメッセージの内容が表示されている。

《直美：これ、冗談だよね？》

直美も同じ動画を見ているのだろう。

きっと耐えられなくなってメッセージしてきたのだ。

あたしはそれに返事をせず、美花へのメッセージを立ち上げた。

《可奈：美花、今見てる？》

それだけ打ち込むと、すぐに返事が来た。

《美花：見てる》

《可奈：これって本物？》

《美花：わからない……》

《可奈：ここって学校の屋上だよね？　行ってみなくていいの？》

美花とそのやりとりをしている間にも、良平の体は突き落とされてしまいそうな状態なのだ。

最悪の事態が予想された。

《美花：ちょっと待って。他のメンバーにも連絡してみる》

美花の言う『他のメンバー』とは、トップグループたちのことだろう。

剛たちがいれば、拓郎も思いとどまってくれるかもしれない。

落ちつきなく部屋の中をグルグルと歩き回りながら、美花からの返事を待つ。

画面上では、拓郎が良平の体を手すりの向こう側へと押し出しているところだった。

拓郎はきっと本気なのだろう。

手の力を緩める気はなさそうだ。

美花の返事を待っている間にも、良平の体は落ちてしまいそうだった。

『お、俺を殺したってアプリはなくならない！』

『そうだな。でも俺の人生は終わったよ。あんな目に遭ったからな』

完全な逆恨みだった。

元はと言えば拓郎が悪い。

でも、今の拓郎にそんな言葉は通用しなさそうだった。

美花、早く。

動画を見ている限り、他に誰の姿もなさそうだ。

助けに行っている人間は誰もいない。

みんな、この場所がどこなのかわからないんだろうか。

そうこうしている間に美花から返事が来た。

《美花：剛たちも今から学校へ向かうって》

その返事に、あたしは少しだけ安堵した。

剛なら拓郎を止めてくれるかもしれない。

淡い期待が浮かんできた、次の瞬間だった。

画面上から良平の姿が消えていた。

それは本当に一瞬の出来事で、最初は何が起こったのか理解できなかった。

夜空が映し出され拓郎の荒い息づかいだけが聞こえてきている。

拓郎が一歩前へ踏み出して、画像が動いた。

そのまま屋上の下が映し出され、まるで今あたし自身が屋上から下を覗き込んでいるような錯覚を起こす。

「あれ、何……」

土の上に黒い何かが見えた。

それは人型をしているように見えるが、ピクリとも動かない。

周囲の闇と同化してしまいそうで、よく目を凝らさないと見えない。

それでも、あたしの心臓はドクドクと嫌な音を立てはじめていた。

この小さく見える人型が何であるか、すでにどこかで理解していたためだろう。

呆然として立ち尽くしている間に、また拓郎が動き出した。

拓郎は自分のほうへカメラを向けて撮影を続ける。

その顔は恐怖に引きつり、額に汗が滲んでいた。

拓郎は何も言わず、息づかいを響かせながら器用に手すりの上に立った。

「嘘……ちょっと、待って……」

途端に体が動いていた。

今から行っても間に合うわけがないのに、外へ出るために部屋を出ていた。

あたしが家の階段を下りはじめるのと、拓郎が屋上から飛び降りるのは、ほぼ同時だった……。

ハメる

あたしが学校へ到着した頃、すでに救急車が到着していて現場に近づける状態ではなかった。

誰が通報したのだろうと気になったけれど、A組の生徒ではないことは確かだろうと考えられた。

救急隊員が行きかっている場所は校庭の正面側だったため、近所の人がすぐに物音などで気がついてくれたのだろう。

「大丈夫なのかな……」

直美が、あたしの手を握りしめて聞いてきた。

結局、あたしたちはトップグループの四人とともにここに来ていた。

「わかんないよ、そんなの」

下はコンクリートになっているし、正直助かる見込みは少ないんじゃないかと思う。

他の野次馬たちをかき分けて確認しに行く勇気もなく、あたしたちはただ遠くから様子をうかがうだけだった。

「ペナルティがあったせいで、拓郎は自暴自棄になったんだ」

そう言ったのは文子だった。文子はさっきから息苦しそうに顔を歪めている。

「掲示板で嘘をついたんだから、ペナルティを受けても仕方ないじゃん」

美花が文子へ向けて言う。

「だからって、あんなに暴行しなくてもよかったじゃん！」

文子が言いたいことは理解できる。

でも、ペナルティを行ったのはあたしたちじゃない。

ここで叫んでも、意味のないことだった。

「賞品の中には一億円まであったんだぞ？　リスクが高いのは当たり前だ」

その声は剛だった。商品一億のことが頭から離れない様子だ。

「なんなのみんな。ちょっとおかしいんじゃない？」

文子が泣き出してしまいそうな声で言う。

確かに、あたしたちの感覚はあのアプリによって少しズレてきているかもしれない。

一人で帰ろうとする文子を、あたしは慌てて追いかけていた。

「文子の言いたいこと、わかるよ」

文子は、そう言ったあたしを見て怪訝そうな表情を浮かべた。

もともとグループが違うし、警戒されているのがわかる。

「あんたに何がわかるの」

「文子は優しいってこと」

あたしの言葉に文子は驚いたように目を丸くして、視線を伏せた。

「友達があんなふうになったら普通に悲しいよね。でも、美花や剛は賞品に目がくらんでる」

「……あたしも、そう思う」

「そうだよね。あのアプリがみんなを狂わせていく」

「もう、元のクラスには戻れないのかな」

その言葉に、あたしは文子の手を握りしめた。

文子と距離が縮まったのはこれが初めてのことだった。

「大丈夫だよ。文子の意見は間違ってないもん。みんなもきっとわかってくれる」

文子はあたしの言葉に、うれしそうにほほ笑んだのだった。

翌日、登校前にクラスの連絡網が回ってきていた。

内容はもちろん昨日の夜に起こったことについてだった。

あの動画を見た生徒なら、何が起こったのかすべて理解していたけれど、連絡網ではあやふやな内容へと変換されていた。

A組の拓郎と良平の二人が、事故に遭って入院したとだけ伝えられていた。

教室へ入ると重たい空気が流れていた。

誰かが教室へ入ってきても、誰も顔を上げようとしない。

みんな自分が巻き込まれないように必死で知らん顔をしているように見えた。

そんな中、今日のトップグループたちは文子をのけ者にしているように見えた。

昨日の意見が反感を買ってしまったのだろう。

「文子、イジメられるのかな」

トップグループたちの様子を眺めていた弘江が心配そうに言った。

「どうかな。今はイジメとかしてる場合じゃないような気がするけど」

そう返事をしたけれど、彼らの興味がイジメへと変わる時は来るかもしれない。

最近は健人も裕も休みがちになっているから、イジメる相手が欲しくなってもおかしくない。

「今のうちに文子と仲よくなっとく?」

「え?」

あたしは弘江の言葉に首をかしげた。

昨日は少し距離を縮めたけれど、イジメられるかもしれない人間と一緒にいたら、こっちまでイジメられる側になる。

「今の文子なら、ちょっと優しくすればすぐに秘密を教えてくれそうだし」

弘江の言葉に、あたしは納得した。

弘江も、文子を助けようとしているわけじゃないのだ。

「そうだね。裕から聞いた話より、もっと面白い話が聞けるかもしれないよね」

文子はトップグループの一員だ。

だからこそ知っている秘密もたくさんあることだろう。

そうとわかると、行動に移すのは早かった。

一時間目が終わって休憩時間に入ると、あたしたち三人は一人で座っている文子へ話しかけた。

「大丈夫？」

あたしの声に顔を上げた文子。顔色は悪い。

「大丈夫だよ」

だけど、あたしの顔を見て、少し安心した表情を浮かべる文子。

昨日、話しかけておいてよかったようだ。

「美花たち、ひどいね」

あたしが小声で言うと、文子の表情が険しくなる。

「……美花たちは全然わかってくれない。あたしはあのアプリが悪いと思っているのに……」

「あたしたちも、そう思ってるよ」

文子に同調したのは直美だった。

あたしは驚いて直美を見つめる。

本心なのか、それともこの場に合わせた言葉なのかわからない。

「そうだよね？」

直美が同意してくれたことで、文子はパッと表情を明るくした。

普段から大人しめの直美からの同意だったから、余計にうれしいのかもしれない。

「剛たちって、いつでもあんな感じなの？」

あたしが文子に尋ねると、文子は何度も頷いて「そうだよ。物事の本質とか、善悪とか、そういうのは全然興味がなくて、ただ自分のやりたいようにやってるの」と、教えてくれた。

文子の中に溜まっている鬱憤《うっぷん》を、ここで全部吐き出させればいい。

あたしはそっとスカートのポケットに手を入れてスマホを操作した。

一回一回メモを取るのが面倒で、録音するアプリをダウンロードしたのだ。

急な録音をしたい時のために起動しっぱなしにしているため、指先で録音ボタンをタップするだけでいい。

「文子は優しいから何が悪いのかちゃんと考えて行動するもんね」

「うん。そうしてるつもり」

「でもさ、このまま行けば文子はのけ者になって、秘密を暴露される側になるかもしれないよね」

あたしの言葉に、文子はハッとして黙り込んでしまった。

「そっか……そうだよね……」

そして、怯えた様子で呟く。

どうやら、そこまでは考えていなかった様子だ。

「剛たちならやりかねないよね」

弘江があたしの言葉に続けて言った。

「どうしよう、あたし……」

文子が焦ったようにあたしを見上げたので、あたしはそっと文子の耳に顔を寄せた。

「暴露される前に、暴露すればいいんだよ」

それは、あたしたちがやった方法と同じことだった。

先に暴露してしまえば、みんなこちらに一目置くようになる。

だからあたしたち三人は、いまだに掲示板に書き込まれていなかった。

「でも、そんなことしたら絶対に反感を買うよね」

「だから、そうならないようなとっておきの暴露をすればいいんだよ」

「とっておきの……？」

「そう。学校へ来られなくなるくらいの暴露をするの。文子なら何か知ってるんじゃないの？」

あたしの提案に、文子はしばらく思案するように眉を寄せて黙り込んだ。

考える時間は十分にある。

「あるよ。あたしは間近で見てきたから」

「なら、それを書けばいいんだよ」

あたしが明るい口調で言うと、文子は左右に首を振った。

「どうして？」

弘江が聞く。

「書けばこのアプリの思いどおりになる」

「それはそうかもしれないけど……」

それなら、その秘密をあたしにちょうだいよ。そう言いたかったけれど、言葉をのみ込んだ。

「書き込めば文子はこのクラスのトップになれるかもしれない」

弘江が少し焦ったように言った。

ここで秘密を聞き出しておかないと、チャンスがなくなってしまうかもしれない。

「そうだけど、剛たちのことも怖いし」

文子の中にはたくさんの葛藤があるようだ。

言い方を変えれば、そのくらいすごい秘密を握っているのかもしれない。

あたしは知らず知らずに舌なめずりをしていた。

どのくらいポイントが稼げるだろうかと、期待で胸が膨らんでいる。

「文子が書き込みたくないなら、あたしたちが書き込んであげるよ」

あたしの提案に、文子が「え？」と怪訝そうな表情になる。

「無関係なあたしたちが書き込めば、裏切り者を特定できないから、文子は安全だよ？」

本当はそんな保証はどこにもなかった。

むしろ、今の状態で暴露すれば文子が一番に疑われることだろう。

「そんなにうまくいくわけない」

文子は慎重な性格のようで、そう言って左右に首を振った。

舌打ちしたくなってしまう。

とにかく、あたしたちに秘密を教えればそれでいいのに。

「大丈夫だよ文子。あたしたちはきっとうまくやるから。ね？」

あたしが説得すると、文子は渋々といった様子でため息をついた。

「わかった。あいつらの秘密を教えてあげる」

文子の言葉に、あたしは目を輝かせたのだった。

使わせる

文子から聞いた秘密は、裕から聞いたものよりも、もっともっと楽しいものだった。

剛と拓郎の二人は、休日になると繁華街へ出かけて二人でナンパをしているらしい。

その相手に散々貢がせ、楽しんだら一か月くらいで捨ててしまう。

そんなことを繰り返していたから、拓郎の家の付近にはストーカーらしき女がうろついているとか。

美花は学校内ではそれほど悪いタイプではないが、家の中では下の姉妹たちをイジメて自分の支配下に置いているらしい。

一度など小学六年生の妹を水路へ突き落とし、本当に溺れさせたこともあるとか。

次々と出てくるトップグループたちの秘密に、あたしは心がウキウキしてくるのを感じていた。

どれもこれも、あたしが見たことのない世界だ。

これを書き込めばいったいどのくらいのポイントが入るだろうか。

考えるだけで、脳裏に一億円の札束が浮かんで見えた。

他にもさまざまな秘密を聞いてから、あたしたちは自分の席へと戻ってきていた。
文子は半信半疑ながらも一度話しはじめたら止まらなくなっていた。
誰かに言いたくて仕方がなかったのだろう。
人の噂ほど面白いものはないということだ。
机へ戻ったあたしは、たくさん出てきた秘密をどう利用しようかと考えていた。
もちろん、このまま書き込んでもいい。
でも万が一、文子が嘘を教えていたとしたら？
教卓の上に立たされていた拓郎の姿がよぎる。
あんなふうになるのはごめんだった。
それなら先に、誰かにこの秘密を書き込みさせればいいのだ。
あたしは教室内をぐるりと見回して確認してみた。
今教室内にいるのはオタクグループ数人と、文子。
それから大人しいグループの数人だった。
その顔ぶれを確認したあと、あたしは席を立ってゆかりの席へと歩いていった。
オタクグループの一人で、万引きの常習犯だ。
「ねぇゆかり、面白い話があるんだけど聞かない？」
あたしがそう言うと、ゆかりは警戒するように視線を向けてきた。

以前、あたしがゆかりの秘密を暴露したからだった。

「話って……何？」

ゆかりは読んでいたマンガ本を机の中に隠すようにしまい込んで聞いてきた。

そこまで警戒しなくてもいいのに。

「今度はゆかりが書き込む番になってみない？」

あたしはゆかりの耳に顔を近づけて言った。

「え？」

ゆかりは目を丸くしてあたしを見つめる。

予想外の言葉だったんだろう。

「ゆかりの秘密を書き込んじゃって申し訳なかったと思ってるの」

「……本当に？」

「本当だよ。だから今日はお詫《わ》びに、とっておきの秘密を持ってきた」

「何？」

ゆかりが徐々に興味を持ちはじめているのがわかった。

何も行動に移していないように見えて、じつは【秘密暴露アプリ】に興味を持っていたのだろう。

「じつはね、剛ってね……」

こっそりと、ゆかり以外には聞こえないように剛の秘密を伝える。

「嘘、それ本当？」

あたしはコクコクと頷いてみせた。

文子が嘘をついていなければ、本当のことだ。

「でも、そんなのあたしには書き込めないよ」

「どうして？」

「だって、剛に何されるかわかんないじゃん」

やっぱり、みんなそれで何もできずにいるんだろう。

「それなら大丈夫だよ。だってこれは文子から教えてもらったんだから。文章の最後に文子の名前を書けばいいんだよ」

あたしはニッコリと笑って言った。

文子を助ける気なんて、もともとなかった。

秘密が本物かどうかを知ることができればそれでいい。

「そうなんだ……」

ゆかりの気持ちが揺らいでいるのが見ていても理解できた。

もうひと押しだ。

「ゆかりは何が欲しいの？」

「賞品のこと？」

「もちろんだよ」

大きく頷くと、ゆかりはすぐに「ゲームの本体」と答えた。

その答えに、思わず拍子抜けしてしまいそうになる。

そのくらい、バイトをすれば簡単に手に入りそうに思える。

「あとソフトも一緒に欲しいし、限定グッズも欲しいし」

ゆかりの物欲は止まらない。

だからお金がいくらあっても足りなくて万引きに走ったんだろう。

「そっか。そういえばそういうのも賞品になってたっけ」

興味がなくてほとんどチェックしていなかったけれど、賞品はジャンル分けされていたはずだ。

その中に、アニメやゲームという類のものも含まれていた。

ポイントはブランド品に比べれば少ないはずだ。

「そうだよ。あのアプリの運営者は、あたしの趣味を知ってるのかなって思うくらい、ドンピシャなの」

ゆかりはそう言いながら目を輝かせた。

「そうだったんだ。それならさっきの秘密を書き込んで、ポイントを貯めるしかないよね」

あたしの言葉に、ゆかりは少しだけ眉を下げた。

まだ書き込むという勇気は持てていないようだ。

クラス内でずっと底辺にいたから、上位者に楯突《たて》くということに通常以上に怯えているのだろう。

「大丈夫だって。いざとなればきっと文子が助けてくれるから」

「そうかな？」

「そうだよ。早くしないと賞品がなくなっちゃうかもよ？」

すると、ゆかりの表情が一瞬にして変化した。

「それは困る」

そして、真剣な表情で呟くように言う。

どんな手段を選んでも欲しい物を手に入れてきた。

その性格を垣間見た気がした。

「じゃ、頑張ってね」

あたしはゆかりの肩を叩いて、自分の席へと戻ったのだった。

それから数分後、スマホが震えて掲示板への書き込みを知らせていた。

あたしは内容を確認して、そっと文子へ視線を向ける。

文子はスマホを握りしめたまま固まってしまっている。

状況を理解できていない様子だ。

クラスメートたちは文子とゆかりを気にして見ている。

重苦しくなる教室内に、さらに追い打ちをかける人物が入ってきた。

「おい文子、どういうことだよ！」

怒鳴りながら入ってきたのは剛だった。

剛の姿を見た瞬間、文子が立ち上がって逃げようとする。

しかし、晃彦に行く手を阻まれてしまった。

書き込んだのはゆかりなのに、トップグループたちはゆかりを気にしている様子ではなかった。

「よくもバラしてくれたな」

剛が文子へ、にじり寄っていく。

「違う……あたしじゃない！」

文子は叫んであたしへ視線を向けた。

あたしはほほ笑んで、肩をすくめてみせた。

掲示板に書き込んだのは、あたしじゃなくてゆかりだ。

誰もあたしのことなんて気にもしていない。

「お前がゆかりにバラしたんだろ！」

「違う!!」

文子は恐怖心から、その場にへたり込んでしまった。

それでも、文子へ助けの手を差し伸べる生徒は誰もいない。

みんな、怒っている剛は手がつけられないとわかっているのだ。

秘密を暴露された剛は顔を真っ赤にして文子を立たせた。

「ちょっと話がある」

晃彦が文子へ向けてそう言った。

文子は二人の男に挟まれて今にも泣き出してしまいそうだ。

つい最近まで仲間だったのに、こんなに簡単に関係が崩れてしまうのだ。

あたしは引きずられるようにして教室から出ていく文子を見送り、ゆかりへと視線を戻した。

ゆかりはスマホを見つめてニヤニヤと笑っている。

ポイントを確認しているのだろう。

あたしはもう一度自分のスマホを確認した。

《岩田ゆかりからの暴露！

佐々木剛の本命彼女は四十六歳のおばさん！　土井文子からの情報》
その文字の後ろには一〇〇〇ポイントと書かれている。
この秘密が本物なら、ゆかりには一〇〇〇ポイント入るはずだ。
でも嘘なら……。
あたしはまだニヤついた顔をしているゆかりへと視線を向ける。
嘘なら、ゆかりは終わりだ。
そう思い、あたしはスマホをしまったのだった。

青ざめる

放課後になっても、ゆかりに変化はなかった。

文子から聞いた噂は本物だったのだろう。

それならあとは、あたしたちが書き込むだけだ。

思っていた以上の秘密を入手することができているから、全部書き込む頃にはポイントは莫大《ばくだい》に増えていっているはずだった。

「ねぇ、ちょっと待って」

帰ろうとしていた時、不意にゆかりに声をかけられた。

ゆかりのほうから、あたしたちに声をかけるなんて珍しい。

「何?」

「何かもう一つ、剛たちの秘密を教えてくれない?」

ゆかりが上目づかいに聞いてきたので、あたしと弘江は目を見交わせた。

さっきのポイントで調子に乗ってしまったのだろう。

「一〇〇〇ポイント貯まったでしょ?」

あたしがムッとして言うと、ゆかりは「もう、賞品と交換しちゃった」と苦笑いを浮かべた。

「嘘、もう?」

あたしは驚いて聞き返す。

「アニメグッズは一〇〇〇ポイントから交換できるんだもん」

せっかくなら、もう少しポイントを貯めてから使えばいいのに。

そう思ったけど、そこまで口出しする必要もなかった。

「ま、いっか。少しくらい教えてあげても」

あたしとゆかりの間に入ってきたのは、弘江だった。

全部自分たちで暴露したかったのに……。

心の中で舌打ちをする。

「ごめんね! 今度からはちゃんと自分で秘密を探すから」

そう言いながら手ゴネしているゆかり。

本当に自分で探す気があるのかどうか、怪しいものだ。

あたしたちは文子から聞いた噂を、ゆかりへ教えることにした。

比較的大人しい内容のものを選んだけれど、ゆかりは興味津々に話を聞いてうれしがっている。

「ありがとう！」

ゆかりはあたしたちに手を振ると、自分の席へと戻っていってしまった。

「いいの、あれ？」

弘江に聞くと、弘江は「いいじゃん。今以上に調子に乗るようだったら、裕からゆかりの噂をまた聞き出せばいいんだし」と答えたのだった。


三人で廊下を歩いていると、今度は前方から文子がやってきた。

こっちは明らかに怒っている様子で大股で歩いてくる。

休憩時間中に剛と晃彦に連れていかれていたけれど、たいしてケガもしていない。

今回はそこまでイジメられなかったのだろう。

「ちょっとあんた」

文子が立ち止まり、吊り上がった目であたしを睨んだ。

「何？」

「話が違うでしょ！」

「話ってなんだっけ？」

わざとらしい口調で弘江に尋ねると、弘江もあたしと同じように首をかしげた。

「しらばっくれるなよ！」

途端に声を荒げる文子。

「そんなに怒らないでよ。あたしたちの会話を、偶然ゆかりが聞いていただけなんだから」

あたしは、そう言ってアクビを噛み殺した。

「嘘ばっかり」

「本当だって、あたしを信用してよ。それより、放課後って剛に呼ばれてなかった？」

そう聞くと、文子は黙り込んでしまった。

放課後の清掃時間中、文子は剛に呼び出されていたはずだった。

「別に、行く必要なんてないし」

「本当に？　でも文子は今、立場がよくないよね？　ここで逆らったらどうなるの？」

弘江が尋ねると文子はグッと下唇を噛みしめた。

それでも動く気配はない。

早く帰りたいのに……。

そう思っていた次の瞬間だった。

廊下を走る足音が後ろから聞こえてきて、振り向く暇もなく誰かが文子のカバンを奪っていったのだ。

「え……？」

唖然として見つめる先に、男子生徒が走っていく姿が見えた。

「あれは和弘だね」

弘江が驚きながら言う。

「あたしのカバン！」

ハッとしたように文子は言うと、走っていく。

その後ろ姿を呆然と見つめて、あたしは「そうだ！　書き込まなきゃ！」と呟いて
スマホを取り出した。

《有木可奈からの暴露！

大山和弘はひったくり犯！》

ポイントは三〇〇ポイントだった。

「和弘いったいどうしたのかな？」

今まで黙っていた直美が心配そうな口調で言った。

「きっと焦ったんだよ」

あたしは答える。

「焦る？」

「うん。同じグループのゆかりがトップグループの秘密を暴露したでしょ？　自分も何かしなきゃと思ったんじゃない？」

「それで文子のカバンをひったくるのって関係ある？」

弘江が怪訝そうな表情でそう聞いてきた。

「きっと、文子が何か面白い秘密を握ってると思ったんじゃない？」

それで自分が暴露される側になるんだから、笑える。

おかげで思いもよらないポイントが手に入った。


いい気分で昇降口へと向かうと、追い詰められた和弘がいた。

両腕で抱きしめるようにして文子のカバンを持っている。

文子は息を切らしながら、「返して！」と怒鳴っていた。

「和弘、いい加減にすれば？」

あたしは呆れて声を上げる。

文子から聞いた秘密は全部あたしのスマホの中だ。

カバンなんか盗んでも、たいしたものは見つからないだろう。

「ほら、あたし和弘のこと書いちゃったよ？」

逃げることに必死で気がついていないようなので、あたしはスマホをかざすように持って言った。

和弘の顔がサッと青ざめる。

「どうする？　もっと書こうか？」

「や、やめてくれ！」

力の強い剛たちならともかく、和弘にはこういうことは似合わない。

実際に文子に追い詰められているところを見ると、逃げ足も遅かったのだろう。

それでも何か書かないといけないと思い込んでしまうなんて、あのアプリは人の性格まで変えてしまう効果があるのかもしれない。

「返して。あたしには行かなきゃいけないところがあるんだから」

文子が右手を伸ばしながら言う。

和弘は渋々といった様子で文子にカバンを返すと、そのまま逃げ出してしまった。

その後ろ姿を写真に収めたあたしは、すぐに書き込んだ。

《有木可奈からの暴露！

大山和弘はカバンを盗みきれずに逃走！》

「なんだったんだろうね」

弘江も呆れた声を出している。

「あ、ヤバい」

不意に呟いたのは文子だった。

ブルブルと震えるスマホを見つめたまま、動かない。

「メール？　電話？」

あたしは何気なく文子のスマホを覗き込んだ。

電話だ。相手は美花。

「美花じゃん、出ないの？」

「で、出るけど……」

文子はそう言うけど、なかなか電話を取ろうとしない。

「どうしたの？　美花が怖いの？」

弘江の言葉に文子は頷いた。

「美花は学校内ではそれほど悪くないけど、でも外では……」

そこまで言って言葉を切る文子。

美花に関しては姉妹をイジメているだけではなさそうだ。

文子の怯え方を見ているとわかる。

「電話に出ないと……」

文子は自分に言い聞かせるように呟くと、電話を取った。

途端に聞こえてくる美花の罵声《ばせい》。

『ちょっといつまで待たせるつもり！』

「ご、ごめんなさい！　今から行きます！」

友達だったのに、文子はすでに敬語を使っている。

文子のクラスでの地位は、もうすでに下がっているようだ。

『逃げても無駄だからね』

釘を刺すような美花の言葉が聞こえてきて、電話は切れた。

「この脅迫もネタにすればいいじゃん」

あたしが言うと、文子はこちらをひと睨みして約束の場所へと駆け出したのだった。

死亡

文子のあとを追いかけて剛たちの秘密をまた増やそうか。
そう考えていた時だった。
不意に三人のスマホが同時に鳴って、あたしたちは通学路の途中で立ち止まった。
またアプリからだろう。
そう思っていたのだけれど……。
《拓郎と良平が死んだ》
それはA組のメッセージグループからのメッセージだった。
「え、嘘……」
直美が青ざめて、ぽつりと呟く。
二人は今、入院中だったはずだ。
「死んだんだ……」
弘江がため息交じりに言う。
屋上から落ちたのだから、助かる見込みは少ないと思っていた。

でも、いざ亡くなったと知ると心が追いつかなかった。

「これってさ、【秘密暴露アプリ】のせいで死んだってことだよね？」

「たぶん……ね」

直美が恐る恐るという様子で聞いてきたので、あたしは返事をしてスマホを戻す。

アプリが大きな原因になったことは確実だった。

でも、だからと言ってあたしたちにできることは何もない。

二人が同時に飛び降りて自殺したということで、世間は騒がしくなるだろう。

けれど、アプリのことは絶対に口外できない。

しらを切り通すしかないのだ。

「明日葬儀だって……」

スマホを見ていた弘江が呟くように言った。

あたしのスマホもまた震えたけれど、あたしはそれを無視して「そっか」とだけ返事をする。

どうせA組の生徒は全員参加になるだろう。

無視しておいても情報は回ってくるから、気にしない。

「今日はもう帰ろう」

あたしは二人へ向けて言ったのだった。

二人が死んだことを両親へ告げるのは、さすがに勇気が必要だった。

学校内で何が起こっているのか、イジメがあるのか。

根掘り葉掘り聞かれるハメになってしまった。

あたしは極力冷静に、イジメはないこと。

二人の間だけでトラブルがあったのだろうという憶測だけを説明した。

これ以上聞かれるとボロが出るかもしれない。

あたしはご飯を食べるとすぐに自室へと戻っていた。

気持ちが重たくて勉強をする気にもなれない。

気晴らしにと思って文子から聞いた秘密を再生してみるけれど、気分はもっと重たくなっただけだった。


【秘密暴露アプリ】は人間関係を壊していく。

人間の性格を変えていく。

最悪の事態だって、頭の中では理解していたつもりだった。

それでもあたしは暴露する側へと回ったんだ。

欲しい物も手に入る。

クラスの立場も上がる。

選択を間違えたなんて、思わなかった。

「やらなきゃやられる」

あたしは自分に言い聞かせるように呟いたのだった。

翌日は思っていたとおり、A組の生徒は全員葬儀に参列することになっていた。

バスへ乗るために教室から移動する際、あたしは弘江と直美を呼び止めた。

「ちょっと二人とも」

「どうしたの？」

直美は、先に行ってしまうみんなを見ながら尋ねる。

「今から裕の家へ行かない？」

あたしの提案に二人とも驚いた顔をしている。

「裕の家？　今から葬儀なんだよ？」

弘江が怪訝そうな声を上げる。

「葬儀には行かない。裕がどうしているのか気になるの」

「それはあたしも気になるけど……」

裕はあたしたちの味方についているはずだけれど、学校に来たり来なかったりを繰り返しているので動きが読めないのだ。

「それならまた今度でいいじゃん。何も今日行かなくたって」

直美の意見は、もっともだった。

でも、拓郎と良平が死んだことは裕にも伝わっているはずだ。

それでも学校へは来ていない。

さすがに何かあるんじゃないかと勘ぐってしまう。

「わかった。そこまで言うなら、あたしたちはいったん裕の家に行こう。それから参列すればいい」

弘江があたしの意見に賛成してくれた。

「直美はどうする？」

あたしが聞くと、直美はモジモジと体を動かしてから「わかった。あたしもついていく」と、答えた。

「じゃあ、決まりね」

あたしは二人とともに列を離れたのだった。

裕の家までは歩いても近い。

ちょっと裕の様子を確認して、それから葬儀場へ向かえばいいと思っていた。

「今日は葬儀だろ？」

玄関を開けた裕は真っ先に言った。

「でも、裕のことが気になって来たの」

弘江が笑顔を浮かべて答える。

パジャマ姿のままの裕は無精ひげを生やしている。

今日は学校へ来ないつもりだったのだろう。

「そっか。上がる？」

裕の言葉に、あたしは頷いた。

裕の部屋の中は前に来た時よりもひどい荒れようだった。

足の踏み場のないほどゴミの袋が散乱している。

勉強机の上にはノートパソコンが置かれ、勉強している様子はうかがえない。

「どうしたの裕。こんなんじゃ大学へ行けないよ？」

弘江が驚いた声で言った。

「そんなの、もうどうでもいいだろ？」

裕は狂ったように言うと笑い声を上げた。

口からは黄ばんだ歯が覗き、その笑い方は少し異常だった。

あたしたちは裕から数歩後ずさりをして、その様子を見つめた。

「【秘密暴露アプリ】って、どうしてこんなに面白いんだろうな」

笑いながら言う裕に、あたしたちは目を見交わせた。

「人の秘密を書き込んでポイントゲット！　なんて、誰が思いついたんだろう。人の本質をえぐるようなアプリ。本当に面白い」

裕はそう言いながらノートパソコンの電源を入れた。

「俺はスマホの小さな画面で見るのが嫌だから、こっちで見てるんだ」

ブックマークから【秘密暴露アプリ】のウェブサイト版を表示させて言う。

「どうしたの裕？　なんか、裕じゃないみたい」

弘江が心配そうな顔をする。

「何を言ってるんだよ。俺は俺だ。むしろ、今の俺のほうが本物」

裕はニタニタと黄色い歯を覗かせている。

それを見ているだけで気分が悪くなっていく。

「お前たちはどうしてもっとたくさん暴露しないんだ？　剛たちの噂をほとんど書いてないだろ」

サイトを確認しながら裕が口を開く。

「まずはクラスカーストを壊してからだよ。拓郎は死んだし、文子もグループからの け者になりつつある。もう少し、待って」

「そういう駆け引きしてる間に、他の生徒たちに追い越されるんだ」

「どういう意味？」

裕が画面から視線を外し、あたしを見て言った。

「どういうこと?」

弘江が聞く。

「俺はもっとたくさんの秘密を握ることに成功した。聞きたいか?」

その言葉に、あたしと弘江は目を見交わせた。

本当だろうか?

「西前朋子、村上敦子、柴田倫子。そのあたりの秘密を知りたくないか?」

そう聞かれてあたしは裕へ視線を戻した。

裕は余裕そうな笑顔を崩さないままだ。

何か知っているに違いない。

「確かに、あの三人についての秘密は何も知らないし、まだ誰も書き込んでない」

あたしは裕の様子をうかがいながら言った。

「西前朋子の父親は犯罪者だ」

なんでもないように言う裕に、あたしは返事をするのを忘れていた。

「何それ、全然笑えない」

ここへ来て、直美がようやく口を開いた。

「本当のことだ。書き込んでみればいい」

「嘘を書いたらペナルティになる」

弘江がすかさず言葉を挟む。

拓郎の写真は裕も見ているはずだった。

「あのペナルティはすごかったよな。拓郎みたいなガタイのいい男が血まみれになって吊るされるんだからさ」

裕はそう言って楽しげな笑い声を上げた。

本当に楽しんでいるように見える。

「そんな秘密を知ってるなら、自分で書き込めばいいじゃん」

あたしは裕へ向けて言った。

「俺はポイントなんかに興味はないからね」

欲しい物がないのかもしれない。

みんなが必死になって集めているポイントでも、欲しい物がなければ意味がない。

「どうしてそんな秘密を知ってるの？　朋子と裕って、別に仲よくないよね？」

グループも違うし、会話をしているところを見たことがなかった。

「食い下がって聞いてくるなぁ。仕方ないからお前らには教えてやるよ」

イスをクルッと回して裕があたしたちを見た。

あたしはゴクリと唾を飲み込む。

「クラスに盗聴器を仕かけた」

その言葉に一瞬反応ができなかった。

「え……？」

最初に小さな声を上げたのは弘江だった。

直美は口をポカンと開けて唖然とした表情を浮かべている。

「それ、本当？」

あたしは気を取り直して尋ねると、裕は頷く。

本当か嘘か、わからなかった。

「盗聴器だけじゃないから、気をつけて」

裕はそう言ってニタリと笑う。

その口元が気持ち悪くてあたしは視線を逸らした。

盗聴器だけじゃないとすると、カメラも仕かけているということだろうか。

「俺は【秘密暴露アプリ】のおかげで本来の自分の趣味嗜好《しこう》に気がつくことができたんだ。だから感謝してるよ」

最近、学校へ来たり来なかったりしていたのは、こうやってパソコンにかじりついていたからのようだ。

「自分の秘密まで、あたしたちに言ってもいいの？」

あたしの質問に、裕は軽く首をかしげた。

「どうせ誰も信じない。俺が嘘をついていたとすれば、掲示板に書き込むことすらできないだろ?」

その言葉に、あたしは奥歯を噛みしめた。

裕は頭がいいだけあって、【秘密暴露アプリ】の構造をよく理解している。

あたしたちにいくら口で話をしても、自分の立場は安全だとわかっている。

「人の秘密を覗くのは面白いなぁ! 勉強なんてくだらないことに時間を割いてた自分が小さく見えるよ」

「……行こう」

笑い続ける裕を見て、あたしは静かに言ったのだった。

【トップグループ】

佐々木剛

~~今岡拓郎~~（死亡）

大場晃彦

川島美花

土井文子

【大人しいグループ】

石岡高宏（入院）

笹木克也

~~土富良平~~（死亡）

澤勇気

【ギャルグループ】

西前朋子

村上敦子

柴田倫子

【オタクグループ】

坂本文香

岩田ゆかり

奥村ミユキ

大山和弘

野々上信吾

【普通グループ】

有木可奈

新免弘江

安藤直美

【最下位グループ】

和田裕

千田健人

侵入する

そのあと、あたしたちは予定どおり葬儀場へと来ていた。

途中でいなくなったあたしたちに先生は怒っていたけれど、それどころじゃなかった。

裕は教室に盗聴器を仕かけているかもしれない。

それが本当なら、なんとしても見つけ出して裕の弱みを握りたかった。

「弘江、放課後もう一度裕の家に行ってくれない？」

学校へ戻ってきてから、あたしは弘江に言った。

「また？」

弘江は顔をしかめている。

裕のあの様子を見ていたら、誰だってもう関わり合いたいとは思わないだろう。

「教室内のどこかにある盗聴器を見つけるよりも、裕の部屋から盗聴の証拠をとるほうがずっと早いでしょ」

「そうかもしれないけど……」

それでも弘江はまだ渋っている。

「あたしも、盗聴器は見つけたい」

そう言ったのは直美だった。

意外な言葉に驚いたけれど、盗聴なんて悪いことを見過ごせないだけかもしれない。

「……直美までそう言うなら、わかったよ」

弘江が渋々頷いてくれた。

「よかった！　弘江は家の中には入らなくていいからね」

「え？　でも、盗聴の証拠を掴むんだよね？」

「うん。でもそれはあたしがやる」

その言葉を聞いて、弘江は少し安堵したような表情で頷いたのだった。


計画を決めてから放課後までは、あっという間だった。

弘江と直美の二人は緊張している様子だったけれど、あたしはどこかワクワクした気分になっていた。

拓郎と良平の葬儀の日に、まさかあたしたちがこんな計画を考えているなんて、きっと誰も予想できないことだろう。

それが余計に楽しみに変換されていた。

三人で再び裕の家へやってきた時、あたしと直美の二人は家の裏手へと回った。

細い路地を入り、裏口を探す。

膝《ひざ》までの高さの生け垣に囲まれているが、それは簡単に乗り越えることができた。

表のほうで弘江が計画どおりに動いてくれているようで、家の中からチャイムの鳴る音が聞こえてきた。

続いて誰かの足音が聞こえてくる。

あたしは玄関が開く音を、耳を澄まして聞いていた。

「弘江、どうかした？　忘れ物？」

裕が焦ったような、うれしそうな声でそう言うのが聞こえてくる。

今、裕の部屋は無人になっているはずだ。

それを確認して、あたしは窓へと近づいた。

裕の部屋が一階でよかった。

「ねぇ、本当にやるの？」

直美が後ろから声をかけてくる。

「当たり前でしょ。ここまで来たんだから」

本当なら直美はいなくてもよかった。

でも、弘江がどこまで裕を繋ぎ止めることができるかわからないから、一緒に来てもらったのだ。

あたし一人が探すよりも、少しは役立つはずだ。

そう思いながら窓に手をかけて力を入れる。

窓はガラガラと音を立てて簡単に開いてくれた。

あたしは思わずニヤリと口角を上げて笑っていた。

「行くよ」

後ろで戸惑っている直美に言うと、あたしは窓枠に足をかけて裕の部屋へと侵入したのだった。

足の踏み場のない裕の部屋から、盗聴器を探し出すのは簡単なことじゃないように思えた。

しかし、裕の大切な盗聴器がゴミと一緒にあるとは思えない。

そう考えると、ある場所はだいたい決まっていた。

机の上とか、クローゼットの中とかだ。

人目につかないようにするならクローゼットの中のほうがいいけれど、盗聴した音声を聞くためにパソコンを使用しているかもしれない。

「あたしはパソコンの中を調べるから。直美はクローゼットの中を見て」

あたしはそう言いながら机へと近づいた。

電源はつけっぱなしになっていて、パスワードを入力する必要もない。

さっきまで使っていたのだろう。

「うわ、何これ」

クローゼットを開けた直美が声を上げたので、あたしは視線を向ける。

クローゼットの中は、ハンガーにかけられていない衣類が散乱している状態なのだ。

それを見て、ため息をつく。

裕は【秘密暴露アプリ】に魅入られてしまい、普段の生活すらままならないようだ。

人として終わっている……。

「クローゼットの中にはなさそうだからいいよ」

あたしは、そう言って直美をこちらへ呼んだ。

「盗聴ってパソコンで聞くことができるの？」

「さぁね。でも、あたしはスマホで録音したりしてるから、きっとできる」

直美の質問に答えると、パソコンの中を調べはじめた。

パソコンやスマホが一台あればなんでもできてしまう、便利だけど恐ろしい世の中になったものだ。

しかも、高校生が簡単にできてしまうのだから……。

「あ、これかも」

パソコンの『最近使ったファイル』の中に無題のものを見つけて、あたしはカーソルを合わせた。

クリックしてみると音声データと画像データがズラリと出てきて、生唾を飲み込む。

これはビンゴだ。

試しに画像データの一つを再生してみると、教室内の様子が流れはじめたのだ。

「これだ」

あたしはパソコン画面を動画撮影しはじめた。

ついでに裕の部屋の様子も撮影しておく。

「直美、スマホのマイクロSDをちょうだい」

「え?」

「データを全部移動しとくの」

「そんな時間ある?」

「いいから、早く!」

ひとつでも多くのデータを持って帰りたい。

これをこのまま掲示板に書き込めば、きっと大きなポイントになる。

直美がモタモタとSDカードを外している時間にも、あたしはずっと動画撮影を続けていた。

教室内の映像だけでなく、裕は女子更衣室にまでカメラを仕かけていたようだ。

流れる映像に、あたしは軽く舌打ちをする。

裕にオカズにされていたかもしれないと思うと、胸糞《むなくそ》が悪かった。

「はい」

ようやくＳＤカードを差し出してきた直美に礼を言い、あたしはデータを移しはじめたのだった。

血まみれ

裕のパソコンから半分ほどデータを盗んだ頃、弘江からメッセージが届いた。

内容は確認せず、パソコンを元の画面に戻して窓から外へと出た。

それとほぼ同時に、裕が部屋のドアを開ける音が聞こえてくる。

ホッと胸を撫でおろし、直美と目を見交わせる。

直美は青い顔をしていて少し震えているようだ。

直美の気持ちはわかる。

だって、あと数分遅かったら、警察沙汰になっていたかもしれない。

あたしと直美は、そっと生け垣を越えるとようやく深呼吸した。

成功だ。


「どうだった？」

裏に回り込んできた弘江が、真っ先に尋ねてきた。

「成功だよ。半分ほどしかデータは取れなかったけど、結構な量になる」

あたしはSDカードを弘江に見せた。

「やったね」

「これでもう裕に用事はない。行こう」

あたしは二人に言うと、歩き出したのだった。


アプリからメールが届いたのは、三人でファミレスに寄っていた時のことだった。

今までの成果をどういう順番で暴露していくか考えていたのに、そのメールによって会話は途切れてしまった。

《佐々木剛、大場晃彦、川島美花からの暴露!》

連名で送られてきたのは初めてのことだった。

こんなことができるなんて知らなかった。

驚きながらもスクロールして確認してみると、そこには写真が載せられていた。

真っ赤な写真で、一瞬何が写っているのかわからなかった。

「何これ」

「さぁ……?」

弘江の呟きに、直美が首をかしげている。

あたしは顔を近づけて写真をよく確認してみた。

赤の中に肌色がある。

凹凸をしっかりと見ていくと、それは人の顔のように見えた。

「……もしかして、文子？」

別人のように赤く染まったその顔は、文子のそれによく似ていたのだ。

「え、嘘でしょ……？」

弘江と直美はポカンと口を開けている。

あたしは顔の後方に写っている花に注目した。

どこかで見たことのある、黄色と白の花。

どこで見たんだっけ……。

記憶を巡らせていると学校裏の映像が蘇ってきた。

生徒があまり行き来しない場所、そこにはゴミ捨て場があり、ボランティア部の生徒たちが花を植えていた。

「これ、学校裏だ」

「学校裏って、そんな……」

直美はひどく混乱しているようで、目を泳がせている。

「行ってみよう」

「行ってどうするの？　剛たちがまだいるかもしれないじゃん！」

あたしの提案に、弘江が戸惑ったような声を上げた。

「犯人がその場にいたとしたら、それを写真に撮って書き込めばいいじゃん」

暴行現場の暴露なんて、きっといいポイントになるはずだ。

「あたしたちが巻き込まれるかも」

「それならあたしは一人で行く」

怯えている二人を残してあたしは立ち上がった。

そもそも自分たちで暴行しておいて秘密暴露だなんて卑怯だ。

本物の秘密はあたしたちのようにして奪うべきだ。

「わかった。一緒に行く」

弘江は決意したような口調で言うと、立ち上がったのだった。

結局、あたしたちは三人で学校へと戻ってきていた。

生徒たちがほとんどいなくなった学校は静かで、いつもと違う雰囲気がある。

いつもは部活動で騒がしいグラウンドも、今日は休みなのか誰もいなかった。

「気味が悪いよ」

一番後ろをついて歩く直美が、震える声で言った。

その意見には賛同できた。

こんな静かな学校、今まで見たことがないかもしれない。

だからこそ剛たちが学校裏で暴行を働いたのだろう。

誰もいないのを、いいことに。

あたしは直美の言葉に返事をせず、まっすぐ校舎裏へと足を進めた。

足元がコンクリートから砂利に変わり、歩くたびに音がする。

ゴミ捨て場へと続く道へ差しかかった時、そこに誰かが寝転んでいるのが見えた。

一瞬足を止めてゴクリと唾を飲み込み、遠くから様子をうかがう。

寝転んでいる人物はピクリとも動かないし、周辺に誰かいるような気配もない。

剛たちは、すでにどこかに行ってしまったのだろう。

あたしはゆっくりと足を踏み出して、倒れている人物へと近づいた。

近づけば近づくほど、その体が血まみれであることが確認できた。

黒っぽく変色した血のせいで服を着ているように見えていたけれど、全裸の状態で横たわっている。

そのひどい有様に思わず顔をしかめてしまっていた。

「ヤバいよこれ……」

弘江の呟きが聞こえてきた。

「直美。先生を呼んできて」

「い、いいの？」

「アプリのことは話さない。偶然見つけたことにするから大丈夫」

あたしは倒れている人物の顔を確認して、言ったのだった。

第三章

引きずり落とす

先生が来てからは慌ただしかった。

救急車のサイレンが聞こえてきて、あたしたちは事情を聞かれて、あっという間に数時間が過ぎ去っていった。

気がつけば外は真っ暗で、家に戻ると連絡網にて文子が搬送先の病院で亡くなったことを知った。

あたしは晩ご飯も食べずにそのままベッドへとダイブしていた。

今日一日でいろいろなことがあり、疲れが押し寄せてきていた。

もうこのまま眠ってしまいたい。

そう思って目を閉じると、血まみれになった文子の顔が浮かんできて寝つくこともできない。

あのまま、明日の朝まで文子が発見されることがなかったらどうなっていたのだろうか。

もしかしたら、野犬やカラスなどに食い荒らされてしまっていたかもしれない。

そう考えると、あたしたちのしたことは決して間違ってはいなかったのだ。

自分自身に言い聞かせることで少しは気持ちが落ちついた。

先生や警察には本当のことが言えない。

偶然通りかかったら倒れていた。

それしか伝えることができなかった。

あたしは……いや、クラス全員が文子を殺した犯人を知っているのに、伝えることができずにいるのだ。

あたしはきつく目を閉じて何度も寝返りを打った。

そうして数時間が経過した時、不意にスマホが鳴り響いた。

驚いて顔を上げ、ナイトテーブルに手を伸ばす。

確認してみると、それはアプリからの通知だった。

こんな時間に……？

時刻はすでに夜中の一時を回っている。

こんな時間に通知が来たことはない。

恐る恐る確認してみると、それは掲示板に書き込みがあったことを知らせるメールだった。

《村上敦子からの暴露！　土井文子を殺したのは佐々木剛！》

その書き込みに目を奪われる。
「何これ……」
確かにそのとおりで嘘はないだろう。
でも、まさかこんな書き込みがされるとは思ってもいなかった。
すると、立て続けに二件のメールが送られてきた。
どれもアプリからの通知だ。
《西前朋子からの暴露！　土井文子を殺したのは大場晃彦！》
《柴田倫子からの暴露！　土井文子を殺したのは川島美花！》
三人組がトップグループに食いかかっている。
あたしはそれを見て逡巡した。
拓郎と文子がいなくなった今、トップに残っているのは三人だけだ。
今がトップグループを引きずり落とすタイミングなのかもしれない。
この書き込みに便乗して、今まで溜めていた秘密を暴露してしまうのだ。
あたしは軽く舌なめずりをしてスマホを操作した。
《有木可奈からの暴露！　川島美花の父親は援助交際の経験あり！》
これは文子から聞いた秘密だった。
ところが書き込んだ瞬間、ドクンッと心臓が跳ねて血まみれになった文子の顔が浮かんできた。

あたしは強く左右に首を振って、その映像をかき消した。

怯えることなんてない。

あたしが書き込めば、きっと弘江と直美も書き込んでくれる。

《新免弘江からの暴露！　大場晃彦はイボ痔《じ》！》

《安藤直美からの暴露！　佐々木剛の父親は酒乱！》

次々と書き込まれる内容に、あたしはホッと胸を撫でおろした。

これであたしの書き込みは薄れてくれたことだろう。

驚いたのはその後のみんなの反応だった。

大人しいグループやオタクグループのメンバーたちも、知っている限りの秘密を書き込みはじめたのだ。

ターゲットはトップグループの三人に絞られている。

秘密のどれもがつまらないものだったけれど、掲示板内はあっという間に埋まっていく。

ときどき剛たちも反論するように書き込みをしているけれど、とても追いついていない。

その様子を目で追いかけながら、あたしは笑いを噛み殺していた。

ついにクラスカーストが崩壊したのだ。
文子を殺してしまったことが完全に裏目に出ている。
あたしはさっきまでの気分の悪さも忘れて、掲示板に見入っていたのだった。

しばらく掲示板を見ていたあたしは、弘江と直美にメッセージを送った。
《可奈：起きてる？》
《弘江：もちろん。通知が多すぎて眠れない》
《直美：あたしも。なんかすごいことになってるね……》
《可奈：今から朋子たちの秘密を暴露していこうと思うの》
《弘江：今から？》
《可奈：そうだよ。このタイミングで朋子たち三人を突き落としておけば、あたしたちがクラストップに上がれる》
その書き込みに、すぐには返事が来なかった。
《直美：あたしは今のままでもいいと思ってる》
直美なら、そう言うと思っていた。
だけどのし上がっておいたほうが、他のクラスメートたちの秘密を収集しやすいことは確実なのだ。

《弘江：あたしは書き込むよ。これからもどんどんポイントを貯めていかないと、欲しい賞品が貰えないんだから》

その返信に、あたしは頷いた。

あたしたちならきっと一億円にも手が届くはずだ。

《可奈：あたしと弘江はやるよ。直美はどうする？》

その書き込みにも数分時間が空いた。

《直美：わかった。あたしもやる》

そうと決まれば、文子から聞き出した噂を順番に書いていくだけだった。

《有木可奈からの暴露！　村上敦子は西前朋子のことが嫌い！》

《新免弘江からの暴露！　柴田倫子は同性愛者！》

《安藤直美からの暴露！　西前朋子はカンニングの常習犯！》

どんどん書き込まれ、ポイントが貯まっていく。

あたしの合計ポイントは十万ポイントに届きそうだ。

今ならちょっとした賞品と引き換えができる。

でも、あたしの目標はただ一つ、一億円を手に入れることだ。

それまでポイントを稼ぎ続け、誰よりも早く一億円を手にしてみせる。

あたしはスマホを操作して、動画を貼りつけた。

《有木可奈からの暴露！　和田裕は盗撮魔！》
朋子たち三人組が映っている更衣室の様子を、そのまま投稿した。
三人は下着姿ではしゃぎ合いながら着替えをしていて、その様子を下から見上げるように撮影されていた。
投稿した瞬間、あたしのポイントは十万ポイントを超えた。
それを確認して思わず微笑む。
《裕：なんだよあの書き込み！　どういうことだ⁉》
裕からそんなメッセージが送られてきたけれど、あたしはそれを無視し、裕からのメッセージをブロックしたのだった。

【トップグループ】
佐々木剛
~~今岡拓郎~~（死亡）
大場晃彦
川島美花
~~土井文子~~（死亡）

【大人しいグループ】
石岡高宏（入院）
笹木克也
~~土富良平~~（死亡）
澤勇気

【ギャルグループ】
西前朋子
村上敦子
柴田倫子

【オタクグループ】
坂本文香
岩田ゆかり
奥村ミユキ
大山和弘
野々上信吾

【普通グループ】
有木可奈
新免弘江
安藤直美

【最下位グループ】
和田裕
千田健人

トップへ

翌日、学校へ登校してみると、みんなの態度が変化していた。

今日は剛たちも朋子たちも来ていないので、どこか穏やかな空気が漂っているのだ。

「可奈ちゃん、昨日の書き込み面白かったねぇ」

真っ先に声をかけてきたのはオタクの文香で、あたしは一瞬返答に困ってしまった。

文香から『ちゃん』づけで呼ばれることなんて今までなかった。

「そう？　面白かったならよかった」

昨日、文子が死んだというのに、みんなその話題には触れていないみたいだ。

「さすが可奈ちゃんたちだよね。いろいろな噂知っててすごい尊敬する」

文香は、いったい何を言っているんだろう？

そう思った時、弘江と直美が教室へ入ってきて今度は二人へ駆け寄っていった。

まるで媚《こ》びを売っているような態度に、あたしは瞬きを繰り返す。

「すごいね。一日でこんなに変わるなんて」

すると、弘江がそう言ってきた。

「どういうこと?」

「わからないの? あたしたちがクラストップになったんだよ」

弘江の言葉に一瞬、唖然としてしまった。

「剛たちが登校してくれば話は別だけど……まぁ、無理だよね」

弘江はそう言いながら声を上げて笑った。

クラストップを狙っていたのは確かだけど、ここまで簡単になれるとは思っていなかったので拍子抜けしてしまう。

「ね、ねぇ三人とも。あたしの秘密とか、何か知ってる?」

文香が恐る恐る聞いてきた。

オタクグループの秘密なら、信吾からいろいろ聞いている。

けれど、あたしは左右に首を振った。

「知らないよ。それに、知ってても、もう暴露する気はないから」

あたしはクラス全員に届く声で言った。

みんなの視線があたしに集まっている。

「あのアプリのせいで疑心暗鬼になったりしたけど、もうやめよう。暴力で人を押さえつける剛たちがいないんだから仲よくなれるはずだよね?」

あたしの言葉にクラスの中が静かになる。

「でも、もうずいぶんと書き込んだし……」

そんな声が聞こえてくる。

一度書き込んでしまえば、もう信用を失う。

それはもっともな意見だった。

「ここにいる全員が一度は掲示板に書き込んだよね？」

あたしがそう聞くと、クラスの大半が頷いた。

「それなら、もうなかったことにしようよ」

「なかったことに……？」

文香が目を丸くして聞いてきた。

あたしは頷く。

「そうだよ。今まではお互いさまで、仕方のないことだった。でも、これからはもうやめる。それでいいじゃん」

もちろん、あたし自身が書き込みをやめる気なんてなかった。

クラスメートたちの秘密をかき集めて、一気に書き込んでやるのだ。

そのためにはまず、クラスメートたちの疑心暗鬼を解いていかないといけない。

「俺、その意見に賛成する」

そう声を上げたのは克也だった。

「俺はもうアプリを使わない」

克也の言葉に、同じ大人しいグループたちもなんとなく頷きはじめる。

「文香は？」

あたしが尋ねると、文香はたじろいだようにあたしを見た。

この流れで、反対意見が言えるような性格ではないはずだ。

「あ、あたしも可奈ちゃんの意見に賛成する」

案の定、予想どおりの言葉が返ってくる。

「剛たちがいないなら、俺たち安全だもんな」

オタクグループの和弘が一人うんうんと頷きながら言った。

「そうだね。文子の件も警察が動いてるから、あたしたちが証言しなくてもきっと逮捕される」

あたしが言葉を発するたび、クラス内の空気はさらに和らいでいく。

「これなら学校に来れなくなった裕と健人も来れるようになるな」

だけどすぐに発せられた信吾の言葉に、あたしは軽く顔をしかめた。

今、二人に来られたら少し面倒なことになるかもしれない。

裕から秘密を聞いたことをバラされたら、また立場は弱くなる。

「無理やり来させるのはよくないよ。ゆっくり様子を見ようよ」

あたしは信吾へ向けて説得するように言ったのだった。

その日の授業は午前中で終わることになっていたけど、生徒たちはまだ帰ることができなかった。

拓郎、良平、文子の死を受けて全校集会が開かれ、A組はそのあと命について考える授業を受けさせられることになってしまった。

こんな授業を受けたってどうしようもないのに。

そう思いながらぼんやりと先生の話を聞く。

今日は派手なグループが全員来ていないから、教室内はやけに静かだ。

しかし、そんな空気を壊すように一斉にスマホが震え出したのだ。

先生のいる前だからあからさまにスマホを取り出す生徒はいないけれど、みんなの表情が一変するのを見た。

険しい表情、恐れている表情、泣きそうな表情。

すべての顔に共通しているのは、混乱だった。

いったい誰が、何を書き込んだのか。

それがわからないから、心臓がドクドクと跳ねはじめていた。

「今日はここまで。土井の葬儀が決まったらまた連絡網で回すから――」

先生の話を最後まで聞く前に、あたしはポケットからスマホを取り出していた。
最初の頃のように自分の手が震えているのを感じる。
あたしたちの意見は通ったはずだ。
もうやめよう。
それはこのクラス内で共通していたはずだ。
それなら書き込んだのは……。
《佐々木剛、大場晃彦、川島美花、西前朋子、村上敦子、柴田倫子からの暴露！》
その連名に重たいため息が出た。
裕と健人を除いて、今日来ていないメンバー全員だ。
あたしはゴクリと唾を飲み込んで画面をスクロールさせた。
文字は書かれておらず、動画が再生されている。
ゴミだらけの室内に、机の上のパソコン。
それは見たことのある場所で、あたしは息をのんだ。
間違いなく裕の家だ。
昨日行ったばかりだから、見間違うはずもない。
カメラは机に座る裕を映し出している。
裕はペンを持って何かを書いているようだ。

カメラがグッと近づいていくと、裕が小刻みに震えているのがわかった。

裕の手元へとピントが合っていく。

「え、これって……」

誰かがそう呟いた。

みんなスマホ画面に釘づけになっている。

「遺書……」

あたしは小さな声で呟いた。

そう、裕が書いているのは間違いなく遺書なのだ。

内容は盗撮していたことを謝罪する文章になっている。

「何これ、今から自殺するつもり？」

弘江が眉間にシワを寄せて言った。

そうなのかもしれない。

自殺……あるいは、自殺に見せかけて何かするのかも。

「この動画ってライブ配信じゃないよね？　今から行っても助からないのかな」

そう言ったのは直美だった。

あたしは左右に首を振って下唇を噛みしめた。

せっかく剛らの脅威から逃れられると思い込ませることができたのに！

この暴露は最悪のタイミングだった。

「どうするの？　このままほっとくの？」

文香が焦ったような声を上げる。

文香のほうを見ると、こちらへ向けて聞いてきている。

あたしはきつく目を閉じて、そして開いた。

「行ってみよう。裕の家へ」

ここで逃げたら信頼が揺らぐ。

あたしたちには、そうするしか道はなかったのだった。

あたしと弘江と直美の三人で裕の家へと向かう途中、数台のパトカーが追い越していった。

それを見送りながら嫌な予感が胸をよぎる。

あの動画のあとどうなったのか、想像するだけで胸の奥がズシリと重たく感じられた。吐き気もする。

裕の家に近づくと玄関先にパトカーが止まっているのが見えて、あたしたちは立ち止まった。

家の中から人の声がいくつも聞こえてきて、怒鳴り合っているようだ。

「何があったんだろう」

弘江が呟く。

あたしは固唾をのんで裕の家の様子を見守った。

すると、警察官に抱えられるようにして剛が家から出てきたのだ。

晃彦や美花、朋子たちもいる。

「この子たちがいきなり家に上がり込んできたのよ！」

そう叫びながら家から出てきたのは、白髪交じりの中年女性だった。

ずいぶんと年老いて見えるけれど、よく見ればその顔は裕に似ていた。

「今日はお母さんが家にいたんだね」

直美が安堵したように呟いた。

そうだ。家に人がいたなら裕はきっと大丈夫だったのだろう。

「盗撮魔は自殺して当然でしょ！」

動画撮影されていた朋子たちが叫ぶ。

あの動画で激高して家まで押しかけたのだろう。

あたしが朋子の立場でも同じことをしたかもしれない。

裕のやったことは許されることじゃない。

「黙れ、この人殺し‼」

裕の母親は唾をまき散らしながら叫んでいる。

「裕の安否がわからないね……」

「きっと大丈夫だよ。だって家に人がいたんだよ?」

直美の呟きに、あたしは早口で答える。

さっきから裕の姿が見えないのが気がかりだった。

救急車は来ているけれど、後方が開きっぱなしになっている。

その時だった。

担架に乗せられた裕が姿を現したのだ。

「どいて！　どいて！」

野次馬たちをかき分けて救急車へと急ぐ隊員たち。

担架に乗せられている裕の顔は真っ青だ。

生気を感じさせないその顔に、絶句する。

「死ね！　死ね！」

パトカーへ乗せられる寸前の朋子が、運ばれていく裕へ向けて叫んだのだった。

退学

裕は数日間入院していたが、そのまま帰らぬ人となってしまった。

剛たちと朋子たちのグループは裕が一人でいる間に家に入り込み、無理やり遺書を書かせ、首を吊らせたらしい。

死ぬのを確認してから逃げるつもりだったようだが、その間に裕の母親が買い物から戻ってきてしまい、すべてが明るみに出た。

関係していたメンバー、剛、晃彦、美花、朋子、敦子、倫子の六人は退学となり、今は自宅にいる。

警察での捜査はこれから進んでいくようで、六人は少年院に入る可能性ももちろんあるようだ。

文子に続いて裕までも……。

連日の事件のせいで学校の外には報道陣が集まるようになり、裕より前の事件にも少年少女が関係しているのではないかと騒がれていた。

報道の内容は現実とそれほど離れてはいない。

けれど、本当のことを知るのはA組の生徒だけだった。

「裕がいなくて寂しい？」

生徒が少なくなった教室内、あたしは大人しいグループの克也に尋ねる。

克也と裕は比較的仲がよく、裕の葬儀の日には一人で号泣していた。

「裕はあいつらのせいで死んだんだ……！」

克也の怒りは完全に剛たちへ向いていた。

元はといえば裕が盗撮したのが悪いのに。

そう思って、内心笑いたい気分になった。

それに、あたしが動画を掲示板に投稿しなければ、裕は今も生きていただろう。

「もう学校にはいないんだし、克也の気分が晴れるまであいつらの秘密を暴露したらどうかな？」

あたしの言葉に克也は驚いたように顔を上げた。

「あのアプリはもう使わないいんだろ？」

「もちろん。今教室にいるみんなのことはもう書かない」

あたしの返答に、克也は思案するように黙り込んでしまった。

邪魔な人間はもう消えてくれた。

これから先はまたポイント集めのために書き込むのみだ。

でも、あたしが率先して書くわけにはいかない。

誰かが最初に再開して、仕方なくという流れが必要だった。

「そうだよな。あいつらはもう俺たちとは関係ない」

「うん。だから多少書いても大丈夫だよ。みんなもわかってくれる」

「でも、秘密なんて持ってないし……」

そう言い出したので、あたしは剛の秘密を一つ克也に教えることにした。

あいつらの秘密はまだまだ持っている。

「剛は小学校の頃イジメられてたらしいよ」

「嘘だろ?」

「あたしも最初はびっくりしたけど、本当みたい」

これも文子から聞いた秘密だった。

いろいろと残してくれていてよかった。

「なんでそんなこと知ってるんだよ」

今度はあたしへ向けて怪訝そうな表情を浮かべる克也。

「あたしたち、クラスでも真ん中あたりのグループだったからさ、自然といろいろな話を聞くんだよね」

「本当に、信じていいんだな?」

「もちろん。あたしが克也を騙《だま》す必要がどこにあるの？」

あたしが聞き返すと、克也は黙り込んでしまった。

「ありがとう。これで少しは俺にも復讐できるかもしれない」

克也は自分に言い聞かせるように言ったのだった。


克也が発端となり、再び掲示板は動きはじめていた。

前より頻繁にとはいかないが、少しずつ暴露通知も増えていく。

「ねぇ、高宏はどうなったんだろ」

数日後の休憩時間、あたしの前でお弁当を広げていた直美が聞いてきた。

「そういえば全然学校に来ないね」

弘江が呟くように言ってあたしを見る。

最初に窓から突き落とされた高宏の存在なんて、ほとんど忘れてしまっていたところだった。

裕と同じように家の中から高みの見物をしているのかもしれない。

「連絡とってみる？　そろそろ出席もヤバいでしょ」

高宏がどのくらい学校を休んでいるのかわからないけど、卒業に響いてくることは間違いない。

《可奈：高宏、最近どうしてるの？》

あたしはそんな文面のメールを高宏へ送った。

返事が来るかどうかわからない。

もしかしたら無視されて終わるかもしれない。

そう思っていたけれど、意外と早くに返事が来た。

《高宏：家にいる。怖くて学校には行けない》

「高宏、退院してたみたい」

あたしは届いた文面を読んで聞かせた。

退院したことを知らせたくないと思うくらい、高宏は怯えているのだろう。

できればあの日、誰に突き落とされたのか聞きたかったけれど、聞き出すためには時間がかかりそうだ。

「そういえば高宏と美花って幼なじみだよね」

不意に直美が声を上げる。

「え、そうなの？」

「うん。全然違うタイプだけど、家は近いみたいだよ」

直美の言葉に、あたしは高宏とのメッセージを見つめた。

「高宏は美花が今どうなってるのか、知ってるのかな？」

あたしの質問に、直美は左右に首を振った。

さすがにそこまで知らないか。

もし、美花が退学になったことを知ったら高宏は動くだろうか？

「何を企んでるの？」

弘江に聞かれて、あたしは苦笑いを浮かべた。

頭の中で考えていても、つい顔に出てしまっているみたいだ。

「高宏と美花は仲いいのかなって思って」

あたしの言葉に、「高宏が美花のことを好きだったら面白いよね」と弘江が言う。

あたしと弘江は軽く目を見交わせた。

きっと思っていることは同じだろう。

「二人とも、あたしにも話してくれなきゃわからないよ」

一人取り残されている直美が困惑顔で口を開く。

「高宏は美花が好き。それも秘密になるんだよ？」

だけど、すぐにあたしがそう言うと、直美が気がついたように小さな声で「あっ」と呟いた。

でも、どうせならもっと大きな秘密がいい。

あたしのポイントはもうすぐ十三万ポイントまで貯まるのだから。

一億までは程遠いけれど、ブランド品には手が届くのだ。
あたしはスマホを操作して高宏とのメッセージを再開させた。
《可奈：美花、退学になったんだよ》
できるだけ深刻そうに聞こえるように、絵文字などは一切使わなかった。
《高宏：は？　なんで？》
今までで一番早く反応が戻ってきた。
あたしはそれを見てニヤリと笑う。
《可奈：それはあたしの口からは言えない……。高宏って美花のことが好きなの？》
そう書き込むと、少しの間スマホが沈黙した。
しかし数分後、返事が来た。
《高宏：好きだ。美花がどうなったのか知りたい》
その返事を二人に見せてクスリと笑う。
《可奈：美花も高宏のことが好きだって言ってた。家に行って話を聞いてあげてほしい》
《高宏：わかった。今から行ってみる》
そのメッセージを最後に高宏からの返事は途絶えた。
「どうする？」

あたしと高宏のやりとりを見ていた弘江が聞いてきた。

もちろん、美花の家へ行くつもりだった。

高宏と美花が話をしている場面を録画できれば、ポイントも上がることだろう。

「直美、今日は早退するよ」

あたしと弘江は同時に席を立ち上がったのだった。

【トップグループ】
佐々木剛（退学）
~~今岡拓郎~~（死亡）
大場晃彦（退学）
川島美花（退学）
~~土井文子~~（死亡）

【大人しいグループ】
石岡高宏（入院）
笹木克也
~~土富良平~~（死亡）
澤勇気

【ギャルグループ】
西前朋子（退学）
村上敦子（退学）
柴田倫子（退学）

【オタクグループ】
坂本文香
岩田ゆかり
奥村ミユキ
大山和弘
野々上信吾

【普通グループ】
有木可奈
新免弘江
安藤直美

【最下位グループ】
~~和田裕~~（死亡）
千田健人

ストーカー

「帰るのか？」

教室を出る途中、あたしと弘江に声をかけてきたのは克也だった。

剛の秘密を克也に提供してから、やけに話しかけてくる。

「うん。ちょっと用事ができたから」

「さっき高宏のこと話してただろ」

そう言われて、あたしはバレないようにため息をつく。

聞かれていたのか。

「この前のお礼に、高宏の秘密を教えてやる」

「え？」

「高宏はストーカーだ」

その言葉にあたしは目を見開き、絶句していた。

高宏はストーカー？

蘇ってくるのは真面目な高宏の姿ばかりで、そんなふうにはまったく見えなかった。

「っていっても昔の話」

「ちょっと待って、相手は誰？」

もしかして、という予感がしてあたしはそう聞いた。

「美花だよ」

克也の言葉に、あたしと弘江は目を見交わせた。

高宏は今も美花のことが好きなのだ。

それならもっと面白い動画を撮影することができるかもしれない！

「ありがとう克也！」

あたしは克也にお礼を言うと、大急ぎで教室を出たのだった。

「美花の家はどこ？」

学校から出たところで弘江に聞かれてあたしは足を止めていた。

勢いよく教室を出てきたものの、美花の家がどこか調べることをすっかり忘れてしまっていた。

今から職員室へ行って教えてもらったとしても、時間がかかってしまう。

どうしようかと思案していると、バタバタと走ってくる足音が聞こえてきた。

「克也⁉」

走って追いかけてきたのは克也で、あたしは驚きの声を上げる。

「落としていったぞ」

克也の手に握られていたのは、あたしのハンカチだった。

スマホをポケットに出し入れしている間に、落ちてしまったのだろう。

なんだそんなことか……と思いながらもハンカチを受け取り、克也を見る。

「なんだよ」

「克也って、もしかして高宏の家を知ってる？」

そう聞くと、克也は「そりゃ知ってるけど？」と首をかしげて頷いた。

やった！

高宏の家がわかれば美花の家もわかるはずだ。

「お願い。高宏の家がどこか教えて！」

「いいけど……お前ら今から高宏の家に行くのか」

「いろいろと事情があるの！」

こんなところでモタモタしていたら、絶好の撮影チャンスを逃してしまうかもしれない。

「なんか急いでそうだな。それなら俺も一緒に行くよ。あいつの家ちょっと説明しづらい場所にあるから」

克也はそう言い、早々に靴を履き替えはじめた。

「ちょっと、いいの?」

直美があたしの腕を掴んで聞いてくる。

この三人の中に誰かを入れるのは気が引けた。

けれど、もう時間がないのだ。

「今日だけだから」

あたしは直美を説得したのだった。


克也の言うとおり、高宏の家はわかりにくい場所にあった。

細い路地をクネクネと曲がり、同じような家々が立ち並ぶ一角だ。

あたしたちだけで来ていたらきっと迷子になっていただろう。

「ここが高宏の家だ」

そう言って立ち止まった先には、青色の屋根のこぢんまりとした家が建っていた。

建売住宅のようで、同じような外観の家が数軒並んでいる。

あたしは克也にお礼を言い、玄関のチャイムを押した。

中から呼び鈴の音が聞こえてくる。

しかし人の気配はなく、玄関へ出てくるような足音も聞こえてこない。

高宏はもう美花の家に行ってしまっているのだろう。

「美花の家を探さなきゃ……」

「美花の家なら二軒隣だ」

克也がそう言って指さした。

「本当に？」

「あぁ」

頷く克也をその場に残して、あたしは足早にその家へと向かった。

克也の家よりも一回りほど大きく、このあたりでは存在感があった。

表札を確認してみると、確かに川島と書かれている。

間違いなさそうだ。

しかし、チャイムを押しても誰も出てこない。

「二人ともいないのかな……」

弘江がそう呟いた時だった。

家の中からドンッと、重たい物音が聞こえてきてあたしはハッと顔を上げた。

誰かが中にいる！

玄関に手をかけてみるけれど、しっかりと鍵がかけられていてビクともしない。

それなら裕の時と同じで裏手に回るだけだった。

美花の家の周辺に生け垣はなく、歩いているだけなら不審がられることもない。

家の横へ回った時、一室だけ明かりがついている部屋を見つけた。

「ここかも……」

そう呟き、窓から中を確認する。

うっすらと開いたカーテンの隙間に人の姿を見つけた。

黒くうずくまっているように見えるそれは、よく見ると美花に覆いかぶさっている高宏の姿だったのだ。

その光景に一瞬呆然としてしまったが、あたしはすぐにスマホを取り出して録画しはじめた。

これはすごい映像が撮れそうだ。そう思い、舌なめずりをする。

「おい、何してんだ」

克也が後ろから声をかけてきた。

「見たらわかるでしょ。秘密を握ってるの」

高宏が美花の服の中に手を入れている。

美花の小さな悲鳴が時折聞こえてくる。

恐怖で声も出ないのだろう。

「やめよろ、止めないと！」

克也があたしの体を押しのけようとする。

「ちょっと邪魔しないでよ！」

舌打ち交じりにそう言った時、細い道路から見慣れた顔が姿を見せた。

大人しいグループの勇気だ。

「勇気……？」

「克也が戻ってこないから、あとを追ってきたんだ」

勇気はおずおずと言って近づいてくる。

普段は存在感もないくせに、こんな時にだけ邪魔するんだから。

そう思って歯を食いしばる。

「ちょっと、今忙しいの」

そう言って勇気の体を押し戻したのは直美だった。

あたしと弘江は驚いて直美を見つめる。

「二人ともどこかへ行っててくれない？」

直美にしては珍しく協力的だ。

そろそろアプリやポイントについて理解しはじめたんだろうか。

それでも遅いくらいだけど。

「克也も勇気も、もう帰って」

「こんなの無視できるわけないだろ！」

直美が二人を睨むと、克也が叫ぶ。

そんなに大きな声を出したら家の中の二人に聞こえてしまう。

「あたしだって嫌だよ！　でもやらなきゃ！」

直美が泣いているような声で叫び、勇気の体を突き飛ばした。

そんなに強い力じゃなかったと思うが、油断していた勇気は体のバランスを崩して
その場に倒れ込んでしまった。

こける寸前、勇気がとっさに克也の服を掴み、そのまま一緒に倒れ込んだ。

「何すんだよ！」

克也はすぐに立ち上がり、直美へ向けて文句を言った。

「邪魔するから悪いんでしょ！」

直美はそう怒鳴ると、あたしたちに何も言わず駆け出してしまった。

なんだかんだ言いながらも、本当はこういう場面が耐えられなかったのだろう。

あたしのスマホは、逃げていく直美の姿を偶然捉えていた。

「こんなもの撮影してる場合じゃないのに」

ブツブツと文句を言いながら視線を家へと戻す。

その時、狭い路地にバイク音が近づいてくるのが聞こえてきた。

「勇気、早く立てよ。危ないぞ」

克也が勇気へ手を差し出す。

だけど、勇気は顔をしかめてうずくまったまま動かなかった。

「どうしたの？」

弘江が怪訝そうな表情で様子をうかがう。

「背中を打った……」

すると、苦しそうな声を上げて身をよじる勇気。

見ると、勇気が背中をぶつけたブロック塀は崩れかけていて、中から鉄筋が突き出ている状態なのだ。

鉄筋の先は刃物のようにとがっていて、血がついている。

「おい、大丈夫かよ」

克也が心配そうに勇気の顔を覗き込む。

勇気は青い顔をしたまま立ち上がれず、背中側の服には赤いシミが広がりはじめていた。

こっちも面白いものが撮影できるかもしれない！

直感的にそう感じたあたしは、すぐにスマホを勇気へ向けた。

バイク音はどんどん近づいてきている。

曲がりくねった路地だからその姿はまだ見えないけれど、この辺にいたら危険なことくらい、全員わかっていたはずだった。

「少し移動しよう。危ないから」

克也が勇気を立たせるために、しゃがみ込んだ。

「ダメだ。動けない」

服の上からじゃ見えないけれど、鉄筋は想像以上に勇気の体の奥深くまで貫いたのかもしれない。

「立てって、早く!」

克也が焦る。

あたしと弘江は安全な場所まで後退して、その場面を見つめていた。

勇気は必死で立ち上がろうとするが、上手くいかないようだ。

それはまるで蟻《あり》地獄に入ってしまった蟻のように見えて、あたしは思わず舌なめずりをした。

バイク音がすぐ目の前まで迫っている。

ついにその姿が見えた時、二人の顔が一瞬にして青ざめた。

バイクは猛スピードで、蛇行運転をしながら走ってくるのだ。

明らかに普通の状態ではなかった。

「なんだよあれ……」

克也が呆然として呟いた。

バイクの運転手はまったく前が見えていないようで、スピードを緩めようとしなかった。

「あ……っ」

克也が目を見開いて小さく声を上げる。

次の瞬間、迫ってきたバイクが勇気の体に乗り上げていた。

横転するバイクの破壊音と悲鳴。

倒れたバイクはそのまま横滑りして勇気の腹部に直撃していた。

何かが砕ける音がする。

勇気が血を吐く。

赤く染まるコンクリート。

ゴクリと生唾を飲み込んだ。

直美の引き起こした事故のほうが、断然ポイントになりそうだ。

一瞬の騒音のあと、あたりは静寂に包まれていた。

静かに黒煙を上げるバイクと、コンクリート塀に挟まれた勇気が、空虚な視線を空中へと投げかけていたのだった。

美花の家の周辺には救急車や警察が来て大変な騒動になっていた。

当初の目的とはずいぶん違う動画が撮れてしまったが、これはこれでいい。

高宏が美花を襲っている映像も、少しは撮れたわけだし成果はまずまずだと言えた。

「すごいことになったね」

警察が動き回る様子を遠目から見て弘江が言った。

「まさかこんなことになるなんてねぇ」

あたしは笑いをこらえて言った。

直美は自分のせいでこんなことになったなんて知ったら、いったいどうなってしまうのだろう？

真面目な直美のことだから、立ち直れなくなるかもしれない。

「高宏はさすがに途中で止めたよね？」

「さぁ？　事故の音がすごかったからさすがにできなかっただろうけど、どうだろうね？」

高宏が美花の家から出てきたかどうかも、あたしたちは確認できていなかった。

そんなこと、もうどうでもいい。

「いい物が撮影できたし、ちょっとファミレスでも行かない？」

あたしは弘江にそう提案した。

「帰らないの？」

「まだ時間も早いし、もう少しいいじゃん」

それに、この動画を掲示板に投稿するためにやることもある。

あたしは弘江を誘ってファミレスへと移動したのだった。


ちょうど学校が終わる時間になっていたため、あたしたちが制服姿でファミレスに訪れても違和感はなかった。

あたしは冷たいかき氷を注文して口いっぱいに頬張った。

ずっと外にいて汗をかいていたから、スッとして心地いい。

「勇気は大丈夫なのかな」

弘江はアイスコーヒーをひと口飲んで何気なく言う。

あたしは口から血を吐いている勇気の姿を思い出して顔をしかめる。

「さぁ、わかんない。でも、今イチゴのかき氷を食べてるから、その話はやめてくれる？」

あたしの言葉に、弘江は申し訳なさそうに「ごめん」と呟いた。

「それより、ちょっと話があるの」

かき氷を半分ほど食べたところで、あたしは話を切り出した。

「何？」

「今日の直美を見て、どう思う？」

あたしの質問に、弘江は「驚いた」と呟くように言った。

「そうだよね。てっきり直美は書き込みとかに乗り気じゃないと思ってた。でも違ったんだよね」

「そうなのかな。やらなきゃいけないって、なんかちょっと思いつめた雰囲気にも見えたけど」

「そんなことないでしょ」

あたしは弘江の意見を真っ向から否定した。

「どうしてそう言いきれるの？」

「だって、今までも直美は掲示板に書き込んでたじゃん。自分から秘密を握ることはなくても、おいしい部分は持っていってるんだよ？」

そう言うと、弘江が「そういえば……」と呟いた。

本当は、直美は書き込むことすら嫌だっただろう。

あたしたちの輪からはぐれてしまわないように、頑張っていただけだと思う。

だけど、その考えは言わなかった。

「意外とやることせこいんだよね、あの子」

あたしは残りのかき氷をつつきながら言った。

「そうなんだ……？」

「うん。陰口とかしょっちゅう言ってるけど、聞いたことない？」

あたしが尋ねると、弘江は左右に首を振った。

もちろん、これも嘘だ。

「そっか。じゃあ、あたしにだけ聞かせてくるのかなぁ」

もったいつけたように言い、弘江の反応を待つ。

弘江は意味なく店内を見回して落ちつかない様子だ。

自分の陰口を言われているのかもしれないのだから、不安になっても当然だった。

「直美は、どんなことを言ってるの？」

考えた揚げ句、弘江は聞いてきた。

あたしは内心ニヤリと笑う。

「弘江はあたしの金魚のフンだって。そんなことないのにねぇ？」

弘江が下唇を噛むのが見えた。

弘江からすれば直美はあたしたちの中で最下位だったはずだ。

直美からそんなことを言われていたと知ると、悔しいに決まっている。

「あたしが金魚のフン……？」

「もちろん、あたしは違うって言ったよ？　でもさぁ、結構調子いいよねあの子。普段は大人しいふりしてるけど、今日だってあんな大きな事故を引き起こして、戻っても来なかったよね」

直美が現場へ戻ってこなかったのは、事故に気がついていなかったからに違いない。

事故の音は聞こえていたかもしれないが、直美はあの時に走って逃げていたのだ。

なんの音かまでは察しなかっただろう。

「そうだよね。直美ってそういう奴だよね」

弘江がコーヒーを飲み干し、吐き捨てるように言った。

すっかり直美に対して嫌悪を抱いている様子だ。

ずっと一緒にいたって、しょせんはこの程度だ。

「でもさ、あたしたちなら直美の秘密をたくさん知ってるから、よかったよね」

あたしはそう言いながらメニュー表を開いた。

すでに、ひと仕事終えた気分だ。

「え……？」

「いざって時には使えるって意味だよ」

あたしは弘江をチラリと見て言う。

弘江は何か考えているような素振りを見せている。

自分の陰口を言っていた人間の弱みを握っている。

それはとてもいい気分だろう。

「ねぇ、直美の秘密は全部あたしが書き込んでもいい？」

弘江が真剣な表情で聞いてきた。

もう書き込む気満々だ。

「もちろん。あ、でも今回の動画は……」

「可奈が書いていいよ。でも、それ以外は全部あたしが書く」

「わかった」

あたしはほほ笑んで応える。

直美の他の秘密なんてたいしたことないものばかりだ。

あの動画さえあればポイントは跳ね上がる。

そう思っていると弘江がスマホを取り出して操作しはじめた。

まさかそんなに早く書き込むことはないだろうと思っていたけれど、あたしのスマホに【秘密暴露アプリ】からの通知が送られてきた。

書き込んだのはもちろん弘江だ。

あたしたちが直美から聞いたことのある秘密がどんどん書き込まれていく。

相当腹が立ったのだろう。

弘江は顔を上げることなく、立て続けに暴露している。

ポンポンと届くメールを確認するのが面倒くさくなるくらいだ。

「可奈は動画を投稿しないの？」

スマホに視線を落としたまま、弘江が尋ねてきた。

弘江としては直美を徹底的に突き落としてしまいたいのだろう。

「また今度ね」

あたしは笑顔で言うと、パンケーキを注文したのだった。


家に戻った時、ちょうど直美からの電話が入った。

弘江といる時から何度も電話がかかってきていたのだけれど、さすがに取ることはできなかったのだ。

「もしもし？」

『可奈!?　弘江は一緒にいるの!?』

電話を取った瞬間、怒鳴り声に近い声が聞こえてきてあたしは顔をしかめた。

耳の奥がキンキンする。

「一緒じゃないよ。どうかしたの？」

『どうかしたじゃないよ！　アプリ見てないの⁉』

「ごめん、ちょっと忙しくて見てない」

『弘江があたしの秘密をどんどん書き込んでるの！』

「嘘、どうして？」

あたしは直美と会話をしながらベッドに寝転んだ。

『わかんないよ！　どうしよう、あたしもう学校に行けない！』

直美は電話の向こうで涙声になっている。

「弘江が何をしたのか知らないけど、直美は泣かされてるだけでいいの？」

あたしがそう言うと、直美が黙り込んでしまった。

「直美は何もしてないよね？　なのに弘江が勝手に書き込んだ……それを黙ってていいの？」

『……よくない』

「そうだよね。このまま終わらせるのはよくない」

『あたし、どうすればいいのかな？』

そのくらい自分で考えろよ。

そう思ったが、言葉を喉の奥へと押し込んだ。

「弘江は直美の秘密を知ってた。直美はどう?」

『あたしも、弘江の秘密を知ってる……』

「そうだよね。だってあたしたち親友だもん。なんでも話してきたもんね」

『うん……』

「きっと直美は悪くない。先に書き込んだのは弘江だもん」

『うん……そうだよね』

「そうだよ。だから大丈夫」

あたしは、なだめるように言いながらアクビを噛み殺した。

ベッドに横になっているから眠くなってきてしまった。

『ありがとう可奈。相談してよかったよ』

直美はホッとしたように言うと電話を切ったのだった。

一人で

翌日、学校へ行くと弘江と直美の二人は来ていなかった。

あれから二人は書き込み合戦へと発展し、朝方までスマホは震え続けていた。

おかげであたしは寝不足だった。

「なぁ！　聞いたか⁉」

信吾が慌てた様子で教室へと入ってくる。

大きな声を出されると頭が痛くて、あたしは信吾を睨みつけた。

「ちょっと静かにしてよ」

文句を言うと、信吾はいったん口ごもった。

しかしよほど重大な連絡だったのか、再び「でも、大事なんだ」と口を開いた。

「いったい何？」

あたしは足を机の上に上げ、アクビをしながら聞く。

弘江も直美もいない今、このクラスでトップはあたし一人だった。

「昨日事故があって勇気が死んだ」

信吾の言葉に教室内は静まり返った。

「事故って何？」

そんな声が聞こえてくる。

バイクが腹部に激突したのだから、助かる見込みは低いと思っていた。

まだ動画を投稿していないから、あたしは聞こえないふりをしてマンガ本を取り出した。

「もしかして、またアプリのせい？」

どこからか、そんな声が聞こえてくる。

ここ最近のことを考えると、アプリと結びつけられるのは自然なことだった。

「でも、事故だって……」

「誰かが事故を誘発したのだとしたら？」

信吾の言葉に、また教室内は静かになった。

みんなの視線を感じて、あたしはため息交じりに本を置いた。

結果的にあたしが書き込むことになるのだから、もう黙ってもおけなさそうだ。

「昨日の事故は直美のせい」

「直美の……？」

信吾があたしを疑っているような表情を向けている。

「動画を撮影したから、今から投稿するね」

そう言ってスマホを取り出そうとした手を、信吾が掴んできた。

「何？」

「よく動画を撮影する暇なんてあったな」

その声には怒りが含まれている。

「偶然撮れただけ」

「直美と弘江はどうした？　どうして昨日、急にお互いの秘密を暴露しはじめたんだ？」

「そんなの知らない。もともと仲が悪かったんでしょ？」

あたしはイラつきながら言う。

「おかしいだろ、お前一人だけ何も暴露されてないなんて」

「あたしには何も秘密がないもの」

「本当に、そんなことが言えるのか？」

「いい加減、腕を離してよ」

それでも信吾は腕を掴む力を緩めようとしなかった。

「お前が何か仕込んでるんだろ！」

「違うってば!!」

どうすれば信吾はあたしのことを信じてくれるだろう。

奥歯を噛みしめて思案すると、ある案が浮かんできた。

あたしはニヤリと笑って信吾を見る。

「そんなことよりさ、信吾は弘江とデートしたくない？」

「はぁ？　いきなり何言い出すんだよ」

信吾は強い口調のままだが、視線を左右に泳がせている。

やっぱり、弘江のことになると途端に弱くなる。

「デートの約束を取りつけてあげようか？」

「そんなこと……」

案の定、あたしの提案を聞くと、そこまで言って口ごもる信吾。

頬がほんのりと赤く染まり、さっきまでの怒りが終息していくのが感じられた。

「じゃあ、信吾はこのままでいいんだ？　ずっと弘江と付き合えないままで、高校生活が終わるの？」

「……そんなの、いいわけないだろ」

あたしの言葉に、少しムキになって言い返してきた。

「そうだよね。弘江と直美の関係が壊れちゃって、弘江はきっと悲しがってるよ？」

意味深にそう伝えてみると、信吾は「俺が元気づけてやればいいのか？」と、聞いてきた。

「そのとおり！　弘江も一人じゃ心細いだろうから、今から家に行ってみたらどう？」

「俺だって弘江に会いたい。でも……」

信吾は弘江の机へ視線を向けてため息をつく。

「自分が会いに行っていいのか迷ってるの？」

「当たり前だろ。弘江とは最近話をするようになったばかりで、そんなに仲よくないし……」

「信吾って見た目のままの臆病《おくびょう》者だね」

あたしはわざと大きなため息をつきながら言った。

これにはさすがの信吾も怒ったようで、表情が険しくなった。

「そんなことない！」

「そう？　それなら弘江とのデートだって簡単だよね？」

「も、もちろん」

信吾はぎこちなく頷いた。

「不安なら、あたしがセッティングしてあげる。その代わりさぁ……」

「なんだよ？」

「文香とゆかりとミユキと和弘を放課後、旧体育館倉庫に呼んで」

この四人は信吾と同じオタク仲間だ。

「は？　なんだよ、あいつらに何か用事か？」

信吾はまた警戒心を表してあたしを見る。

「心配しないでよ。悪いようにはしないからさ」

あたしはそう言って、笑みを浮かべたのだった。


それからあたしは信吾と一緒に学校を早退し、弘江の家に来ていた。

「ほ、本当に俺が行ってもいいのか？」

信吾は落ちつかない様子で聞いてくる。

「大丈夫だよ。さっき弘江には連絡しておいたから、信吾が家に来ることは知ってる」

あたしは冷めた表情で嘘をついた。

弘江に伝えたのは、あたしが家に行くということだけだった。

信吾のことは何も伝えていないから、相当驚くことだろう。

そんなこととは知らずに、信吾は深呼吸をしてチャイムに手を伸ばした。

しかし、中から反応はない。

「留守なのかな？」

信吾はそう呟いて、もう一度チャイムを鳴らす。

「今、弘江からメッセージが来たんだけど、手が離せない用事をしてるから勝手に入っていいって」

「え？」

驚いた表情をこちらへ向ける信吾。

これは嘘じゃないので、届いたメッセージを信吾に見せた。

「本当だ」

「玄関の鍵はポストの中にあるらしいよ？」

あたしはそう言い、信吾から少し距離を置いて動画を撮影しはじめた。

信吾がポストから鍵を取り出す様子が、しっかりと収められる。

「本当に大丈夫なのかな……」

不安そうな声を出しながらも、弘江と会えることがうれしいのか、すでに鍵穴に鍵を差し入れていた。

へぇ、ライブ配信だとこんな感じなんだ。

あたしは信吾にバレないよう、スマホ画面を確認してそう思った。

拓郎がやっていたライブ配信を、ずっとやってみたかったんだ。

スマホの画面上には現在の閲覧数が表示されている。

それを見ると、ほとんどのA組の生徒が、今動画を見ていることがわかった。

「おじゃまします」

律儀に声をかけて玄関を開ける信吾。

家の中からパタパタとスリッパの音が聞こえてくる。

あたしはその様子を、信吾の後ろから撮影して見つめていた。

「可奈？　来るの早かったね」

そう言った弘江の表情が一瞬にして強張る。

そして、目の前に立っている信吾に「どうして信吾がここにいるの？」と、問い詰めた。

「え……だって……」

信吾は訳がわからないといった様子で、振り向いた。

その顔があまりに間抜けで思わず笑ってしまう。

「可奈、何撮影してるの？」

家の中から弘江に言われたので「不法侵入をライブ配信してる」と、なんでもないように答えた。

その瞬間、すべてを理解したのか信吾の顔が青くなった。

「なんてことするんだ！」

怒鳴りながら、あたしに掴みかかってくる信吾。

あたしはあえて逃げなかった。

信吾に突き飛ばされて尻餅《しりもち》をついても、動画撮影は止めなかった。

「動画を止めろ！」

「不法侵入をした上に、女子に暴力振るうんだ？」

あたしの言葉に、信吾の動きは止まった。

青かった顔が見る見るうちに怒りで赤く染まっていく。

「騙したな！」

「そんなことないよ」

あたしはそう言い、立ち上がって服のホコリを払い落とした。

動画を止めてアプリを確認してみると、五万ポイントが入ってきている。

それを確認すると自然と口角が緩んでいく。

「あたしに用事があったのは可奈じゃないの？」

玄関から出てきて、弘江が尋ねてきた。

「そうだよ。お願いがあって来たの」

「何？」

「信吾とデートしてあげて」

単刀直入なあたしの言葉に弘江は固まってしまっている。

「いきなり何？」

弘江は信吾へ視線を向けて、怪訝そうな表情を浮かべた。

「いや……えっと……」

学校では威勢がよかったのに、いざとなると勇気が出ないようだ。

「好きなんでしょ、弘江のことが」

そう言うと信吾は小刻みに頷いた。

「いきなりデートとか言われても」

戸惑う弘江に目配せをする。

「一緒にいたら楽しいこともあるかもしれないよ？」

そう言いながら、スマホで弘江にメッセージを送った。

《可奈：信吾は弘江の味方だよ》

そのメッセージに、弘江が再び信吾へ視線を向けた。

「いろいろあって大変だと思うけど、俺は弘江を助けたい！」

決死の覚悟で信吾が言うと、弘江の表情が微かに和らぐ。

心が弱っている時にこんなことを言われれば、誰だってなびいてしまうだろう。

《可奈：少しだけでも話を聞いてもらったら、弘江も楽になるんじゃない？》

メッセージを送ると、弘江はあたしへ向けて頷いてみせた。

「わかった。着替えてくるからちょっと待ってて」

弘江の言葉に信吾が目を見開いて唖然としている。

まさか本当にデートできるなんて思っていなかったのだろう。

「よかったね信吾」

あたしは信吾の肩を叩いて言った。

「う、うん……」

信吾は、まだ信じられないといった様子で呆然としている。

「その代わり、約束は守ってよ？」

「あぁ……放課後、あいつらを旧体育館倉庫に呼ぶんだろ？」

「うん。お願いね」

あたしはそう言い、スキップをしながら学校へと戻ったのだった。

【トップグループ】
佐々木剛（退学）
~~今岡拓郎~~（死亡）
大場晃彦（退学）
川島美花（退学）
~~土井文子~~（死亡）

【大人しいグループ】
石岡高宏（入院）
笹木克也
~~土富良平~~（死亡）
~~澤勇気~~（死亡）

【ギャルグループ】
西前朋子（退学）
村上敦子（退学）
柴田倫子（退学）

【オタクグループ】
坂本文香
岩田ゆかり
奥村ミユキ
大山和弘
野々上信吾

【普通グループ】
有木可奈
新免弘江
安藤直美

【最下位グループ】
~~和田裕~~（死亡）
千田健人

旧体育館倉庫

信吾が弘江のことを好きだと言った時、弘江は決して嫌な顔はしていなかった。弘江とは長い付き合いだから、彼女の表情を見た時、もしかしたら脈があるんじゃないかと思っていたのだ。

一ついいことをした気分になった帰り道、あたしはホームセンターに立ち寄っていた。

今日の放課後使うかもしれないものたちを、どんどんカゴの中に入れていく。

今、教室内にはオタクグループの四人しかいない。

もしかしたら学級閉鎖となり、もう帰ってしまっているかもしれない。

もし帰っていたとしても、信吾を使って学校に来させればいいだけだった。

鼻歌交じりに買い物を終えて、学校へと急ぐ。

教室へ行く前に、昔使われていた狭い体育館倉庫へ立ち寄り、大きな荷物を放り込んだ。

「もう少しだもんね」

教室へ向かいながらスマホを確認し呟く。
あたしのポイントは一億ポイントに近づいてきている。
ブランド品はもちろん、車やバイクとの交換もできるほどのポイントだ。
だけど、あたしの目標はあくまでも一億円。
今日すべての秘密を暴露して、一気に稼ぐつもりだった。
もうすぐ一億円が手に入る。
そう思うと気分は高揚し、自然と笑みがこぼれた。
授業が終わるのを待ってA組の教室へ入ると、四人はいつもどおりその場にいた。
「みんな帰ってなかったんだ」
クラスがこんな状況なのに、帰ろうとしない四人に呆れてしまう。
「信吾からメッセージが来た。俺たちに用事があるんだろ？」
そう言ったのは和弘だった。
「なんだ。あたしのために残ってたの？」
そう言うと、和弘はあたしに近づいて「なんの用事だ」と、聞いてきた。
四人とも表情は険しい。
もうあたしに騙されることもないだろう。
でもそれでよかった。

今さら誰かを騙す必要もないんだから。

「放課後、旧体育館倉庫で」

「なんでだよ！　今なら教室に誰もいないんだから、言えるだろ！」

怒鳴り声を上げる和弘に顔をしかめる。

「そうカリカリしないでよ。ねぇみんな？」

他の三人へ向けて言うけど、三人ともあたしから顔を逸らしてしまった。

その態度に一瞬苛立ちを覚えたが、グッと押し込めて笑顔になる。

「みんなあのアプリのせいで学校に来れなくなった。俺たちはもう、あのアプリは使わない」

和弘の言葉にあたしは頷く。

「そうだね。それがいいと思う」

あたしの反応に和弘は拍子抜けしたように、口を開けた。

「どうしたの？　そんな顔して」

「だって、お前は散々掲示板に書き込んでただろ」

「アプリを使ったのはあたしだけじゃないじゃん。やらなきゃやられると思ってたっだけ。みんながやめるなら、あたしもやめる」

そう言うと、四人の表情は和らいだ。

「だいたい、今ってあたしの仲間は一人もいないじゃん？　弘江と直美が仲間割れしちゃって学校に来ないし。そんな中で反抗すると思う？」

「それはそうだな……」

人数的に言えば和弘たちのほうが断然優勢だ。

それが四人に安堵感を与えた。

「放課後に話したいことはもっと別のことなんだけど、みんな来てくれる？」

「……そういうことなら行くよ」

和弘はそう答えたのだった。

放課後になると空を雲が覆いはじめていた。
雨が降るかもしれない。
そう思いながら、みんなよりひと足先に旧体育館倉庫へとやってきていた。
そこにあるのは、さっき買ってきた物たち。
鼻歌を歌いながら準備をしていると、スマホが震えた。
《信吾：今日はありがとう！　弘江と一緒にご飯に行ってきた！》
楽しげな絵文字つきのメッセージだった。
あたしが不法侵入動画をライブ配信したことなんて、すっかり忘れているのだろう。

それならそれで好都合だ。
弘江と信吾がデートしたことも、あとで書き込もう。
そう思った時、四人の足音が近づいてきた。
あたしは手のひらに収まるサイズのスプレー缶を持って、倉庫の前に立った。
「話って何？」
そう聞いてきた文香の手には野球部のバットが握りしめられている。
やっぱりこちらを警戒してきたみたいだ。
少しは学習したようで感心する。
まぁ、あたしには敵わないけどね。
そう思って、内心ニヤリと笑った。
「入って」
あたしは四人を倉庫の中へと促した。
戸惑う文香たちの中、和弘が「こっちは武器を持ってる。下手な真似はするなよ」
と、声をかけてきた。
確かに、四人全員それぞれ武器を持参している。
「何もしないってば」
あたしは呆れたため息と同時に言った。

「だいたい、なんで倉庫の中なんだよ」

ブツブツと文句を言いながら和弘が倉庫へ足を踏み入れた。

それにならうように他の三人も倉庫の中へと入っていく。

あたしは四人に背を向けてマスクとゴーグルを身につけた。

「話があるなら早くしてくれよ」

和弘の文句が聞こえる倉庫の中へ向けて、あたしはスプレーを思いっきり噴射した。

狭い倉庫内は一瞬にして煙に包まれ、文香たちの悲鳴が聞こえてくる。

あたしは倉庫内が煙に包まれたのを確認したあと、すぐに倉庫のドアを閉め、南京錠で施錠をした。

中から怒鳴り声とドアを叩く音が聞こえてくる。

だけどここは、体育館から少し離れた場所にある古い倉庫だ。

滅多に人の行き来はなかった。

あたしはスマホで時計を確認しながら、中の音に耳を傾けた。

最初威勢のよかった和弘たちの声が徐々に小さくなって、聞こえなくなっていく。

ドアを叩く音も弱まり、最後には完全に聞こえなくなってしまった。

さらにしばらく待ってみるとバタンと何かが倒れるような音がしたのを最後に、何も聞こえなくなってしまった。

「催眠スプレーってすごい」

あたしは小さなスプレー缶を見てそう呟いた。

【秘密暴露アプリ】がダウンロードされた日、偶然ネットで見かけて購入しておいたのだ。

本当に使うことになるとは思っていなかったけれど。

中の物音に聞き耳を立てながらドアを開くと、狭い倉庫内に四人が折り重なるようにして倒れていた。

全員目を閉じて、規則正しい呼吸を繰り返している。

「さて、これからが本番だからね」

あたしはそう呟き、ホームセンターで購入したロープを手に持ったのだった。

拘束

四人のクラスメートたちを縛り上げるのはさすがに時間がかかった。

普段ロープなんて使わないから、しっかり結べているかどうか、何度も何度も確認した。

結構時間がかかってしまったけれど、幸いにも四人は眠ったままだった。

途中で起きてもいいように口にガムテープを貼りつけて、ようやく準備は整った。

すべて終えた時にはジットリと汗が滲み出ていた。

「さて、とりあえずは写真だよね」

数分間休憩したのち、あたしはそう呟いてスマホを取り出した。

ロープで拘束する前に全員服を脱がせてある。

その写真を撮るだけでも、ポイントは高そうだった。

あたしはまず一人ずつの写真を撮影していった。

体全体が写った写真、顔をアップにした写真。

前から撮った写真、後ろから撮った写真。

「こんな感じでいっか」

《有木可奈からの暴露！》

掲示板上に四人の写真がどんどんアップされていく。

その合計ポイントは六百ポイントだった。

「まだまだ、お楽しみはこれから」

今度は四人全員が写っている写真を撮影し、投稿した。

仲よく横倒しになって拘束されている姿は、見ているだけで笑えてくる。

今度は文香とゆかりの体勢を変えて、キスさせてやろう。

そう考えた時、直美からのメッセージが届いた。

《直美：可奈、何してるの⁉》

「何って、見たらわかるでしょ」

笑いながらそう言い、撮影を再開する。

何度もメッセージが届くけれど、そんなの確認している暇なんてなかった。

「うるさいなぁ。あたしは今忙しいんだから」

そう呟き、あたしは再びスマホを操作する。

うるさい直美を黙らせるためには、事故動画を投稿するに限る。

《有木可奈からの暴露！》

「え、嘘、すごい！」

事故動画のポイントは一千万を超えていたのだ。

あたしは目を見開いて画面を凝視する。

何度確認しても、間違いなく一千万ポイント以上あった。

「あはは！　すごぉい！　じゃあ、アレも投稿しちゃお！」

選んだのは高宏が美花を襲っている時の動画だった。

カーテンの隙間から撮影したものだし、時間も短い。

それでも、こっちも五十万ポイントを超えてきた。

心が湧き立つのを感じ、同時にA組のクラスメートたちから非難のメッセージが次々と送られてきた。

「ぼーっとしてる自分たちが悪いんじゃん。バーカ」

非難メッセージへ向けて、べーっと舌を出す。

その時だった、眠っていたはずの文香とゆかりがゆっくりと目を開けた。

自分が全裸で拘束されている姿に青ざめている。

ゆかりは半分パニックになって泣き出してしまった。

二人ともむやみに暴れているし、あらかじめ口を塞《ふさ》いでおいて正解だった。

「おはよう二人とも。よく寝てたね」

そう声をかけると、二人は目を見開いてあたしを見た。

何か言いたそうに身動きをしているけれど、ロクに動くこともできない。

その様子が滑稽で、あたしは声を出して笑ってしまった。

「そうだ。ふたりともここでキスしてよ」

我ながらいい提案だと思った。

前に裕と健人がハグさせられていた時も、ポイントが高かったはずだ。

だけど、目の前の文香とゆかりは左右に首を振って嫌がっている。

「そっか、嫌なんじゃ仕方ないよねぇ」

あたしはふたりへ向けてそう言い、スマホカメラをまだ眠っているミユキへと移動させた。

片手で、ホームセンターの買い物袋の中から果物ナイフを取り出す。

しゃがみ込んで、その切っ先をミユキの頬に押し当てた。

ミユキは一瞬眉間にシワを寄せたけれど、スプレーがよく効いているのかまだ起きない。

文香とゆかりの呼吸が荒くなっていく音が聞こえてくる。

仕方ないよね、最初に目が覚めちゃったんだからさ。

「どこがいいかなぁ？　耳にする？　鼻にする？」

ミユキの耳や鼻にナイフを当ててそう言い、二人へ視線を向ける。

「耳がいいなら首を縦に振って。鼻なら横」

あたしの言葉にふたりが同時に目を見開いた。

ガムテープの下で唸《うな》り声を上げて抗議している。

「決めれないのは友達だから？　それなら、文香が犠牲になる？」

あたしは文香へ向けてナイフを突き出した。

その切っ先を目の前にして文香の目に涙が滲んだ。

うつむいて、強く左右に首を振る文香。

あたしはそれを見てクスッと笑った。

「首を横に振ったね」

あたしの言葉にハッとして顔を上げる文香。

必死に左右に首を振って、違うことをアピールする。

「あはは！　わかってるって鼻を切って欲しいんだよね？」

文香もゆかりも真っ青だ。

「ミユキごめんね？　ふたりが言うことを聞かないからいけないの。それに……選んだのは文香だよ」

あたしはそう言って、眠っているミユキの鼻にナイフを押し当てたのだった。

一億ポイント

ナイフはミユキの鼻先をかすめて止まった。

白い肌は微かに傷がつき、プックリと血が浮かんでくる。

あたしは青ざめている二人へ視線を向けて「なーんちゃってね」と、笑った。

さすがにミユキの鼻をそぎ落とすような勇気はない。

しかし、今の出来事で二人はすっかり怯えてしまっている。

「今度はちゃんと切りつけなきゃね。どうする二人とも？　ミユキの鼻がなくなってもいい？」

あたしの問いかけに二人は左右に首を振った。

当然だった。

「じゃあ、ふたりでキスしてくれる？」

ミユキの顔にナイフを突きつけたまま聞く。

ふたりは顔を見合わせ、それからあたしへと視線を向けた。

文香がゆっくりと頷く。

「そうこなきゃね！　いい動画にしてよ！」

あたしはナイフをおろして、二人に近づいた。

「声を上げたら、刺すからね」

低い声で威嚇すると、二人は何度も首を縦に振って頷いた。

こんなに従順になってくれるなんて、気分は最高だった。

回りくどいことなんてせずに、最初から強行突破してもよかったかもしれない。

まぁいいか。

おかげで他の邪魔者たちは全員いなくなったんだから。

あたしは大人しくなった文香とゆかりのガムテープを剥がした。

ふたり同時に大きく深呼吸をする。

あたしが思っていた以上に苦しかったみたいだ。

「じゃ、お願いね」

あたしはカメラをふたりへ向ける。

拘束している体は見えないようにレンズに収めると、ちょうどふたりが裸で肩を寄せ合っているように見えた。

「最低……」

文香が小さな声で呟いた。

なんとでも言えばいい。

あたしは今日で一億円を手に入れて、こんな学校からも、さっさといなくなるつもりなんだから。

二人が肩を震わせながら唇を合わせた。

ゆかりの目からはたえず涙が溢れ出している。

屈辱と恐怖でふたりの顔はグチャグチャだ。

「何してるの、もっと楽しませてよ」

あたしの言葉にゆかりが嗚咽《おえつ》を漏らして泣きはじめた。

文香の目にも涙が浮かんでいるけれど、グッと我慢しているのがわかった。

「この程度じゃたいしたポイントにならないじゃん」

もっと過激な秘密を暴露しなければいけない。

今の動画のポイントを確認してみるとたったの一万ポイントだった。

その結果に苛立ち、舌打ちをする。

もう少しふたりを脅すため、ナイフを握り直す。

その時だった。

物音が聞こえたので振り向いてみると、ようやく和弘とミユキが目を覚ましたところだった。

驚きと困惑の表情を浮かべ、もがいている。

「おはよう二人とも。ちょっと待ってね、もう少し動画撮影するから」

あたしは二人へ向けてニッコリとほほ笑み、そう言った。

「ほら、あとがつかえてるんだから早くして」

文香とゆかりへ向けてナイフを突きつける。

「絶対に許さないから……」

文香が震える声で言った。

「別にいいよ？　だから早くして」

自分が許されないことをしていることくらい、もうずっと前からわかっている。

ゆかりは涙のせいで、もう何を言っているのかわからなかった。

文香がゆかりに唇を寄せる。

ゆかりは必死で顔をそむけるけれど、文香が「じっとして！」と怒鳴りつけると、大人しくなった。

さっきよりも濃厚なキスを繰り広げはじめ、和弘とミユキが唖然とした表情を浮かべている。

「これならさっきよりもポイントがたくさん入りそう！」

ワクワクしながらポイントを確認すると六万ポイント入っていた。

少しずつ、少しずつ一億円に近づいていく。
それが快感となって体中を駆け巡っていった。
「ありがとう。二人は少し休んでて」
あたしはそう言うと、再びガムテープを取り出した。
嫌な予感を察知したのか、ゆかりが無駄な抵抗をしようともがきはじめる。
「ちょっと大人しくしててよ！」
あたしは、ゆかりの頬を軽く叩いて言った。
本当に軽くぶっただけなのに、ゆかりは床に倒れ込んでしまった。
まったく、世話が焼ける。
ため息をついて、ゆかりを座らせるとガムテープで口を塞ぐ。
今度は大人しくしていてくれた。
次は文香の番だ。
文香は涙で濡れた目であたしを睨みつけていた。
「そんなに怖い顔しないでよ」
そう言うが、文香は返事もせずにあたしを睨みつけてくる。
その顔がだんだん憎たらしく見えてきて、とっさに手が出ていた。
パンッと頬を打つ音が響き渡り、叩いた右手がジンジンと痛んだ。

それでも文香はあたしを睨み続ける。

この、クソアマ！

もう一度文香の頬を打つ直前、生ぬるいものがあたしの頬に当たっていた。

文香の唾だ……。

あたしに叩かれる前に唾を吐きかけてきたのだ。

そう理解した瞬間、お腹の奥がカッと燃えたぎった。

「汚い可奈にお似合いだね」

そう言ってニヤリと笑う文香。

こいつ、自分の立場がわかってるのか。

湧き上がる怒りに任せて文香の頬を殴りつけた。

力の限り殴りつけたので、文香の体が倒れる。

その拍子に、文香は置いてあった掃除用具に思いっきり頭をぶつけ、額から血が流れ出した。

それでも文香は強い眼差しをこちらへ向けていた。

生意気。

どんどん頭に血が上るのがわかった。

「何よその顔！」

そう怒鳴り、文香の横腹を踏みつけた。

文香は唸り声を上げてうずくまる。

それでもあたしは止まらなかった。

逃げようとする文香を何度も繰り返し踏みつけ、殴りつける。

最初は抵抗していた文香だが徐々に力を失っていき、十分後にはグッタリとして動かなくなってしまった。

あたしは肩で呼吸を繰り返す。

文香のせいで無駄に疲れてしまった。

「弱いくせに生意気なんだから」

あたしは文香の頬に唾を吐きかけ、それからガムテープで口を塞いだ。

一応、今のもライブ配信しておいたから、かなりの高額ポイントが入ってきている。

もし、人を殺す動画が撮影できたら一億ポイントなんて一気に稼げるかもしれない。

そんな期待に胸が膨らんでいく。

今のあたしなら、なんだってできそうな気がした。

あたしは和弘へ視線を向けた。

さすがの男子でも、あたしのやっていることを見て青ざめている。

「ねぇ、ちょっと手伝ってよ」

あたしは和弘の前まで移動してそう言った。

和弘は小刻みに首を振っている。

「あたしに逆らうの？」

あたしは再びナイフを握りしめてそう言った。

ナイフの刃を和弘の頬に押し当てる。

「どうする？　あたしの命令に従うか、死ぬか」

あたしの言葉に和弘の呼吸は荒くなる。

「殺してみてもいいよね。どのくらいポイントが入るのか確認してみたいし」

そう言って、ナイフの位置を和弘の首へと移動させた。

その瞬間、和弘の体がビクリと跳ねる。

「あたしのお願いを聞いてくれる？」

もう一度質問すると、和弘は何度も首を縦に振ったのだった。

あたしが和弘の拘束を解くと、和弘はヨロヨロと立ち上がった。

拘束されていたため、体中が痛いようだ。

あたしはそんな和弘の体を撮影しはじめた。

和弘がこちらへ視線を向けて、何か言いたそうな顔をしている。

「視聴者に何かメッセージでもある？」

あたしが聞くと、和弘は無言のまま視線を文香へと移した。

文香は気絶したまま動かない。

何かをするなら今がチャンスだった。

あたしはニヤけながらスマホ画面に二人の様子を収める。

和弘が文香の顔を自分のほうへと向けた。

「幼女好きの和弘からすれば、好みじゃないかもね」

おかしくなってそう言うと、和弘は無言であたしを睨みつけてきた。

「お前の頭の中はどうかしてる」

へぇ。まだそんなこと言うんだ？

あたしはスマホをいったんおろし、ナイフを握り直した。

素直にあたしの命令に従って、文香のことを襲ってくれればよかったのに、バカな男。

「ちょっと待っててね」

あたしはそう言うとスマホを立たせて固定した。

これでちゃんと動画が撮れているはずだ。

「何するつもりだよ。人殺しにでもなるつもりか!?」

「それもいいかもね?」

「捕まったら一億円どころじゃないだろ!」

「大丈夫だよ。今はライブ配信にしてないから、ちゃんと加工する。それに、このアプリについては誰も他言できない」

あたしはニヤリと笑った。

「アプリのことは言えなくても、絶対に捕まるぞ」

「たくさん証拠が残ってるこの倉庫は、燃やしちゃえばいい。どうせだから、火事の動画も撮影しなきゃね」

考えただけでも笑顔になる。

たくさんポイントを貯めたら、一億円を貰ってもまだ余るかもしれない。

欲しかった物が全部手に入る!

「おい……来るなよ……」

あたしが近づいた分、ジリジリと後ろに下がる和弘。

しかし、ここは狭い倉庫の中だ。

すぐに壁に当たって和弘の逃げ道は失われた。

「全裸にして制服を隠しておいてよかったよ。外に逃げられないもんね?」

そう言って口角を上げる。

人を殺せば、こいつを殺せば、あたしの望みは叶う！

あたしはナイフを振り上げて和弘の胸めがけて振りおろしたのだった。

倉庫内はとても静かで、時間が停止してしまったように感じられた。

あたしの手が徐々に赤く染まり、和弘の肌も染まっていく。

生ぬるい血の感触がした。


「あ～あ……」

あたしは目を見開いて動きを止めている和弘を見て呟いた。

「どうしようこれ。引き抜く？」

和弘に尋ねたが、和弘は口から血をこぼして答えてくれなかった。

仕方がない、自分で判断するしかなさそうだ。

あたしは逡巡したのち、深く食い込んでいるナイフを力任せに引き抜いた。

血が噴水のように噴き出し、あたり一面を染めていく。

ぬるりとして温かな液体があたしの体にもかかった。

和弘はそのままズルズルと座り込み、ついに動かなくなってしまった。

「ちゃんと撮れたかなぁ」

和弘の息がないことを確認して、あたしはスマホを手に取った。

幸いカメラに血はついておらず、きれいに撮影されていた。

ホッと安堵の息を吐いて、さっそく動画を加工していく。

自分の顔を隠し、入り込んだ声を消す。

その間に何か妙な臭いがすると思って倉庫内を確認してみると、ゆかりが失禁していた。

面白いから、それも写真に撮って掲示板に投稿した。

書き込みは、もはやあたしの独占状態だった。

あたし以外に書き込んでいるクラスメートは一人もいない。

この過激な書き込みに比べれば、今までの書き込みなんて子どもの悪口程度のものだった。

「でーきたっ！」

一連の加工を終え、その場で飛び跳ねた。

そして、あたしはなんの躊躇もなく、その動画を掲示板に投稿したのだった。

《有木可奈からの暴露！》

いつもの文言の後に続く殺害動画。

閲覧数は一気に跳ね上がり、あっという間にA組全員分の人数になった。

「みんな、どんなことを考えながら動画を見てるのかなぁ」

そう考えるとだんだん楽しくなってくる。
きっと、みんな驚いていることだろう。
まさかあたしがここまでするなんて、誰も思っていないはずだ。
「肝心のポイントはっと……」
一億ポイント。
画面上に表示されているポイントにあたしは釘づけになっていた。
「やった……」
思わず、そう呟いた。
今までのポイントを累計すると一億千三百万ポイントもある。
実感してくると、自然と口角が上がっていく。
努力のすべてが報われた瞬間だった。
「やった！　これで一億円はあたしのものだ！」
狭かった視界が一気に開けていく感覚がする。
世界ってこんなにも広くて鮮やかだったんだ。
この一億円があれば、どこへでも好きな場所へ行くことができる。
こんな狭い世界とは、おさらばするんだ！
あたしは興奮する気持ちを抑え込み、画面上に出ている賞品交換というボタンをタップした。

たくさんある賞品の中でひときわ目立っている［一億円］の文字。

このボタンを押すことで、あたしの世界は変わる！

「あはははははは！」

あたしは笑い声を上げながら、ボタンをタップしたのだった。

【トップグループ】
佐々木剛（退学）
~~今岡拓郎~~（死亡）
大場晃彦（退学）
川島美花（退学）
~~土井文子~~（死亡）

【大人しいグループ】
石岡高宏（入院）
笹木克也
~~十富良平~~（死亡）
~~澤勇気~~（死亡）

【ギャルグループ】
西前朋子（退学）
村上敦子（退学）
柴田倫子（退学）

【オタクグループ】
坂本文香
岩田ゆかり
奥村ミユキ
~~木山和弘~~（死亡）
野々上信吾

【普通グループ】
有木可奈
新免弘江
安藤直美

【最下位グループ】
~~和田裕~~（死亡）
千田健人

最終章

逆襲

あたしはすべてを手に入れた。

倉庫から出て大きく深呼吸をすると、とても気分がよかった。

ここまで前向きな気分になれたのは久々かもしれない。

歩き出そうとした時、倉庫内から床を蹴ったような、ドンッという物音が聞こえてきた。

その音でようやく、文香、ゆかり、ミユキの三人を置きっぱなしにしてきたことを思い出した。

一瞬、倉庫内に戻ろうかと考えたが、すぐにやめた。

三人のことなんてあたしにはもう関係のないことだった。

だって、一億円はもう手に入れたもの。

あとはこの倉庫ごと燃やして、証拠を隠滅するだけ。

鼻歌を歌いながら歩き出した時、スマホが震えた。

立ち止まって確認すると【秘密暴露アプリ】からのメールだった。

《賞品交換承認通知
ポイントと賞品の交換が承認されました。

明日指定された口座に賞品一億円を振り込みます》

そのテキストのあとにはURLが書かれていて、タップすると口座を記入する欄が出てきた。

「明日になるのか。もっと早く振り込んでくれればいいのに」

文句を言いながらも自分の口座番号を入力していく。

タップする指先も跳ねて、全身から喜びが湧き上がってくるのを感じる。

だから、気がつかなかったんだ。

「へぇ、お前の口座番号ってそれなんだ」

後方から聞こえてきた声に驚き、勢いよく振り返る。

そこに立っているのが誰なのか、一瞬わからなかった。

「健人⁉」

少し間が空いたのち、あたしは驚いてそう言った。

ずいぶんと学校を休んでいた健人が、私服姿であたしの真後ろに立っていたのだ。

あたしは慌ててスマホを隠した。

「もう遅いよ。投稿した」

健人の言葉と同時にスマホがメールの着信を知らせた。

《千田健人からの暴露！》

そのあとに貼られている写真には、あたしのスマホ画面が写っていた。

銀行の口座番号も鮮明に見える。

「何すんの！」

まさか、こんなことをされるなんて思っていなかったあたしは、健人を睨みつけて怒鳴った。

「何って？　秘密を暴露しただけだろ」

健人があたしを見下した視線を送ってくる。

「へぇ、これで一〇〇〇ポイントなんだ」

スマホをチェックしてそう呟く健人。

「何よあんた、今さらやる気になったわけ⁉　イジメられて学校に来なくなったくせに！」

「なんか勘違いしてないか？」

「はぁ⁉」

「俺がやる気になってないなんて、誰も言ってない」

そう言われて、あたしは裕の家にあった監視カメラや盗聴器の類を思い出していた。

「あんたも最初からやる気だったってわけ？　別にいいけど、あたしの邪魔はしないでよ」

「邪魔なんてしてないだろ。お前はもう自分の目的を果たしてるんだから、邪魔のしようがないじゃないか」

そう言いながらも、健人は不敵な笑みを浮かべている。

何か企んでいることは明白だった。

あたしはスマホを握りしめてジリジリと後ずさりをし、健人と距離を置いた。

「心配しなくても、俺はお前に危害を加えたりしない」

「信用できない」

いざとなれば大声で叫ぶ。

ここは体育館裏だ。

すぐに誰かが駆けつけてくれるだろう。

「本当だって。だって俺は……」

健人は、あたしへスマホのカメラを向けた。

「撮影係だから」

「え？」

眉を寄せたその時だった。

突然後方から、ガムテープで口を塞がれて声を奪われた。

何人かの生徒たちの顔が見えたかと思ったら、地面に押し倒されロープで体が固定されてしまっていた。

抵抗する暇なんて、一瞬もなかった。

心臓は早鐘を打ち、全身は汗で濡れている。

「よぉし、準備できたな」

そう言ったのは剛だった。

美花や朋子たちの姿もある。警察に逮捕されたはずだ‼

「あはは！　すっげぇ驚いた顔してるな」

剛があたしを見て、楽しげに言った。

「裕に関する捜査はまだ続いてる。あたしたちが脅したっていう証拠もないし、裕の母親もちゃんと目撃したわけじゃない。捕まる可能性は低い」

美花があたしを睨みつけて言い放つ。

そんな……！

まだ逮捕されていないなら、家を抜け出してくればよかっただけなんだろう。

完全に想定外だった。

「捕まるとしても、その前にやることがある」

美花の言葉にあたしは唾を飲み込んだ。

嫌な予感がする。

「悪魔退治」

美花の言葉に続いて口を開いたのは朋子だった。

悪魔退治⁉

「わからない？　可奈のことだよ」

「で、どうするの？」

敦子の言葉のあと、目を輝かせながら言ったのは直美だ。

普段おどおどして大人しい直美が、今は好奇心をむき出しにしている。

その豹変ぶりに、あたしは愕然《がくぜん》としてしまった。

「ここじゃダメだ。裏山へ行こう」

「裏山？」

剛に聞き返したのは弘江。

あたしは直美と弘江へ視線を向ける。

助けてと必死で訴えかけるけど、二人はあたしを見おろして笑っているばかりだ。

大丈夫、まだなんとかなるはずだ。

だって、あたしは一人で一億円を手に入れることができたんだから、考えれば切り抜けられるはずなんだ！

試しに身動きをしてみるけれど、男子の力で結ばれたロープは簡単にはほどけない。

「文香たち大丈夫？」

そんな声が聞こえてきて視線を向けると、制服を着た文香とゆかりとミユキの三人が倉庫から出てきたところだった。

「まさか人殺しまでするとは思わなかった……」

ゆかりの声は、まだ震えている。

ついさっきまで、あたしの計画は順調だったことを物語っていた。

「そうだよね。可奈が自分のことしか考えてないのはわかってたけど、人殺しにはびっくりした」

弘江が言う。

「一億円が振り込まれる口座はわかってるんだ。あとでゆっくりカード番号を聞かせてもらわないとな」

剛の言葉にあたしは左右に首を振った。

一億円はあたしのものだ！

あたしが頑張って手に入れたんだ！

お前らなんかには渡さない！

「なんか唸り声上げてるな。あとでゆっくり聞いてやるって」

「でも、ガムテープを外してもいいの？」

そう聞いたのは敦子だ。

「山の中に連れていけば平気だろ。それに、悲鳴が録音されてたほうがポイントが上がるかもしれない」

剛がそう言っている間に、克也と信吾の手によってあたしの体は軽々と持ち上げられていた。

体が空中に浮いた瞬間、冷や汗が背中を流れていった。

このまま山の中へと連れていかれたら、助からないかもしれない。

あたしはふたりの腕の中で身をよじり、必死に抵抗をした。

「大人しくしてろよ」

信吾がそう言いながら、舌打ちをする。

「ねぇ、こんなのあったよ」

弘江の声がしたかと思うと、キツイ刺激臭が鼻の奥をついていた。

むせ込んでいる時間もなかった。

あたしは自分で用意していた睡眠スプレーにより、強制的に眠りについたのだった。

鬼ごっこ

目が覚めた時、あたしは山の中にいた。
肌寒さを感じて体を見おろすと全裸になっていた。
でも、手足は動くし、口のガムテープも剥がされている。
痛みを感じる頭を押さえながら、上半身を起こして周囲を見回した。
さっきまでいたクラスメートはどこにもいない。
あたしの制服も、スマホも見当たらなかった。
「くそっ！」
毒づいて山の中を歩き出す。
足場はぬかるんでいて、歩くたびに足の裏に土がからみついてきた。
枯れた落ち葉を素足で踏むと微かな痛みを感じる。
「絶対に許さない……」
クラス全員でこんなことをするなんて卑怯すぎる。
一億円が欲しいのなら、一対一で秘密を暴露するべきだ。

荒れた山道を、とにかく下へ下へと進んでいく。

時折小石を踏みつけて足の裏から血が滲んで出てきた。

「可奈！」

十分ほど下ったところでそんな声が聞こえてきて、あたしは足を止めた。

「誰⁉」

周囲を見回して声を上げても、誰の姿も見えない。

だけど、あたしを呼ぶ声は確かに聞こえてきたはずだった。

「どこにいるの⁉」

もう一度声をかけるが、やはり返事はない。

思わず舌打ちをこぼす。

全員でよってたかって遊んでいるに決まっている。

こんなからかいに乗る必要はない。

そう思い、あたしは再び歩き出した。

今度はさっきより大股で、スピードを上げて下っていく。

この山を抜けてしまえば、なんの心配もない。

「可奈、こっち！」

また、どこからか声が聞こえてきた。

しかし、あたしはその声を無視して足を進めた。

どうせ振り向いても誰もいない。

そう思っていた次の瞬間、激しい痛みが後頭部を襲った。

体のバランスを失ったあたしは、前のめりに倒れ込んでしまった。

「あはは！　呼んだのに振り向かないんだもん！」

振り向くと木の棒を持った倫子が、楽しげに笑っていた。

何か言い返してやりたいけど、殴られた場所が悪かったのか、意識が遠のいていきそうになる。

「こんなところでギブアップしないでよ？　お楽しみはこれからなんだから」

倫子の言葉に、あたしは大きく目を見開いた。

「何をするつもり⁉」

「命をかけた鬼ごっこだよ」

「え……？」

「山の麓《ふもと》まで逃げきることができれば、可奈の勝ち」

「なに言ってんの……？」

倫子を睨みつけながらも、声が震えてしまった。

山の麓まで、あとどれくらいの距離があるだろう？

ここからじゃ、まだ道も民家も見えない。

「見てこれ」

倫子はそう言って、スマホ画面をあたしの眼前にかざした。

画面上には【秘密暴露アプリ】が表示されていて、今のあたしがリアルタイムで配信されていた。

その映像はあたしを右手から撮影したものや後方から撮影したものと、さまざまだ。

驚愕し、スマホに手を伸ばすがすぐに引っ込められてしまった。

周囲を見回してみても、他の生徒たちの姿は見えない。

みんな、息を殺してあたしを見ているのだ。

「出てこいよ！　卑怯者！」

「あははは！　卑怯なのはあんたでしょ？　友達のふりして嘘ばっかりついて、みんなあんたのことは不審に感じてたんだよねぇ」

倫子の言葉にあたしは奥歯を噛みしめた。

「弘江や直美だって、途中からはあんたのことを信用してなかった。ただ、様子を疑うために一緒にいただけだよ」

ふたりの豹変ぶりを思い出すと、倫子の言っていることは本当なんだろう。

そう思うと、少しだけ胸が痛んだ。

【秘密暴露アプリ】に登録する前は本当に仲がよかったのに、あの頃のあたしたちにはもう戻れないのだ。

そんなことわかっていたはずなのに、こんな状況になって初めて後悔が押し寄せてきていた。

誰でもいい。

誰かあたしを助けてほしい。

そんな情けない気持ちが湧いてくる。

「じゃ、頑張ってね」

倫子はそれだけ言うと、山の中を走り、すぐに姿が見えなくなってしまった。

それからどれだけ歩いただろう?

方向感覚はなくなり、体は冷えきっていた。

「可奈!」

その声にビクリと身を震わせて立ち止まり、周囲を確認する。

誰もいなくても、その場から動くことができなかった。

名前を呼ばれるたびにクラスメートの誰かが飛び出してきて、あたしに危害を加えてくるのだ。

それはすべてアプリ内でライブ配信され、その度にポイントは増えていった。

「こっちだよ、バーカ」

聞き覚えのある声に振り向くと、直美が立っていた。

「直美……ねぇ、もうやめよう？　ポイントも、もうたくさん貯まったじゃん！」

信じられないことに、ポイントはすでに一億を超えていたのだ。

配信時間の長さや、面白さが関係しているらしい。

あたしに危害を加えるために出てきたクラスメートたちがそう教えてくれた。

和弘を殺す必要なんてなかったのだ。

「そうだね、日も暮れてきたし終わりにしようかって、みんなも言ってる」

「本当に⁉」

正直、いつまで続くかわからない鬼ごっこに疲れ果てていたところだった。

いくら下っても山は続いていて、自分が今どこを歩いているのかわからなかった。

ライブ配信が続いているということは電波はあるんだろうけれど……。

「そうだよ。これで配信は終わり」

そう言った直美が手に持っていたのはナイフだった。

あたしが和弘に使ったものだ。

「何それ、冗談だよね……？」

近づいてくる直美にあたしは後ずさりをする。

「鬼ごっこって言うからには、最後にはちゃんと走って逃げてもらわないとねぇ?」

「走るってそんな……！　今まで散々歩いてきたんだから、走れるわけないじゃん！」

「走れなかったらどうなるか、わかるよね?」

直美がナイフの切っ先を、あたしへ向ける。

木々の隙間から差し込む光に照らされて、それはギラリと光っていた。

「無理だよ……直美にそんなことできるわけない！」

三人の中じゃ一番弱くて、大人しくて、そんな直美がナイフなんて……。

「いつまで夢を見てるの?」

直美がそう言った次の瞬間、右腕に焼けるような痛みを感じていた。

今までは素手や木の棒程度だったのが、一気に命の危機にさらされる。

右腕から鮮明な血が流れ出した時、あたしは走り出していた。

想像以上に深く切られたのか、流れる血は止まらない。

そして、あたしが走り出したのを合図にしたように、隠れていたクラスメートたちが一斉に飛び出してきたのだ。

その手にはナイフが握りしめられている。

「ひっ！」

喉が痙攣《けいれん》して体が震えた。

それでも足を止めるわけにはいかなかった。

石を踏みつけても、葉で皮膚が切れても走り続けた。

このまままっすぐ下へと向かいたいが、クラスメートたちはそれも許してくれない。

民家が見えたと感じた時、三人のクラスメートたちが下から姿を見せたのだ。

もともとここで待ち構えていたのだろう。

あたしは方向を変えて走り出す。

しかし登りは思うように足が進まず、すぐに躓《つまず》いてこけてしまう。

クラスメートたちとの距離は一気に縮まり、あっという間に四方を囲まれてしまっていた。

「嘘でしょ……みんな、本気じゃないんだよね⁉」

あたしの悲鳴に近い問いかけに答えてくれる人は誰もいない。

「さよなら、可奈。可奈のおかげで素敵な彼氏に出会えそうだよ」

最後にそう言ったのは笑顔の弘江だった。

番外編

入学式

今日の入学式はとてもいい天気だった。

「汐《しお》、一緒に教室行こう！」

体育館を出たところでそう声をかけてきたのは、九条澄子《くじょうすみこ》。

澄子はあたしよりも頭一つ分背が高く、美しいロングヘアーを一つにまとめてなびかせている。

中学時代からスポーツが得意で、あたしの自慢の友達だった。

「もちろん。澄子も同じA組だなんてラッキー」

「だよね。知らない子ばっかりだと輪に入れなくて辛いし、あたしも汐が同じクラスでよかった」

あたしたち二人は中学時代からの友人で、今無事に高校の入学式が終わったところだった。

あとは教室で先生からの話を聞き、教科書を受け取れば帰れる予定だ。

「汐、こんなところにいたのか」

後ろから聞きなれた声がして、あたしと澄子は足を止めた。

振り向くと、ヒョロリと背の高い谷澤博義《たにざわひろよし》がこちらへかけてくるところだった。

博義とあたしは中学三年生の頃から付き合いはじめて、今でも仲よしだ。

同じ高校に入学できたうえ、クラスも同じ。

これ以上の幸運はないかもしれない。

「博義、いたんだ？」

澄子が冷めた視線を博義へと向ける。

この二人の関係は男女というより、男同士というニュアンスがしっくりくる。

澄子の身長が高いため、博義はそれをからかって笑うことが多かった。

「いちゃ悪いかよ」

「あたしと汐の邪魔はしないでよね」

澄子はそう言ってあたしの体を抱きしめてくる。

背が高いので、あたしの体はすっぽりと包み込まれてしまった。

それを見た博義がムッとした表情になる。

「まぁまぁ二人とも、同じA組なんだし仲よくしようよ」

こう言って二人をなだめるのが、あたしの役目だ。

「汐がそう言うなら仲よくするけど」

澄子はブツブツ言いながらあたしから身を離した。

とにかく、この二人が同じクラスならこれから一年間楽しくなりそう。

そんな予感がしていたのだった。


A組に戻ってくると、数人のクラスメートたちがスマホを手にざわついていた。

「スマホって放課後じゃないと使っちゃダメだよね？」

あたしはそれを横目で見ながら、澄子と博義へ向けて聞いた。

「確かそうだったよな。使ってるのがバレたら没収」

博義の言葉に、入学の手引に書いてあったことを思い出す。

「そんなに硬くならなくていいんじゃない？」

軽い口調で言ったのは澄子だった。

みんなが使っているのをいいことに、さっそくスカートのポケットからスマホを取り出している。

「あ、メッセージが届いてる」

「誰から？」

中学の仲間からだろうか？

入学式が終わったあと、仲のいいメンバーで集まることになっていた。

「ううん……」

そう言った澄子の表情が険しくなった。

「誰から？」

「【秘密暴露アプリ】」

「え？」

あたしは首をかしげて澄子を見た。

「見て、これ」

口で説明するよりも見せたほうが早いと判断したのだろう。

澄子は机の上にスマホを置いて、画面を見せてきた。

そこには確かに、【秘密暴露アプリ】という文字が書かれている。

「何これ？」

あたしは首をかしげて聞くけど、澄子には身に覚えのないことらしかった。

「ちょっと待てよ。俺のスマホにも同じのが送られてきてる」

「え⁉」

博義の言葉にあたしは驚いて声を上げ、博義のスマホ画面を見つめた。

確かに、澄子に届いたのとまったく同じメッセージが表示されている。

「もしかして、汐のところにも届いてるんじゃないか？」

博義にそう言われ、あたしはすぐに自分のスマホを確認した。

新着メッセージが一件。

その表示にあたしはゴクリと唾を飲み込んだ。

いつの間に来たんだろう、全然気がつかなかった。

そう思いながら恐る恐るメッセージを確認する。

【秘密暴露アプリ】

その文面にあたしは釘づけになっていた。

「何これ。なんでみんなのスマホに同じメッセージが入ってきてんの?」

こそこそとスマホをいじっていた子たちにも、きっと同じものが送られているのだろう。

【秘密暴露アプリ】という言葉が教室のあちこちから聞こえてきた。

「わかんないけど、登録しろって書いてあるね」

澄子が気味悪そうな表情で言った。

「クラスメートの秘密を暴露して賞品ゲットって、なんだこりゃ」

博義は鼻で笑っている。

「意味わかんない。こんなメッセージ消しちゃお」

澄子がそう言ってスマホを操作しはじめた。

そうだよね、訳がわからないし、気味が悪い。

あたしも消そう。

そう思い、スマホをつつく。

「あれ？　なんで？」

澄子が怪訝そうな表情を浮かべて呟いた。

「どうしたの？」

「メッセージが消えない……」

「え？」

あたしは首をかしげ、自分のスマホを確認した。

さっき消去ボタンを押したはずなのに、メッセージはそのまま残っている。

「あれ、あたしもだ……」

「俺も消せない」

博義がさっきまでと違って真剣な口調になってそう言った。

「何度やってもダメだよ。なんで!?」

澄子の言うとおり、そのメッセージは何度消そうとしてもスマホ上から消えることがなかった。

「スマホの故障ってわけじゃないよな。三人全員消せないんだから」

「故障とかじゃないと思う」

あたしは博義へ向けてそう言った。

さっきから背中がすごく寒い。

何か悪い出来事が起こる前に、いつも感じる寒気だった。

「まぁいっか。気持ち悪いけど、ほっとけばいいんだから」

澄子が気を取り直すように言ったのだった。

突然死

家に戻ってきてもあたしの寒気は治まらなかった。

毛布にくるまり、ジッとスマホを見つめる。

子どもの頃から、悪い予感から寒気を感じることがあった。

寒気を感じた数時間後に知り合いの人が事故に遭ったり、遠い親戚が亡くなったこともある。

寒気は次々に的中してきたけれど、ここまで寒いのは初めての経験かもしれない。

何かよくないことが起こる。

それも、すごく大きな出来事がある。

そんな不安が胸の中を渦巻いている。

こんな日は早く寝て、全部忘れてしまうに限る。

そう思うけれど、時刻はまだ八時を過ぎたところで、さすがに眠気は訪れない。

音楽でも聴いて気分を変えよう。

そう思って毛布から出た時だった。

突然スマホが鳴りはじめ、あたしは思わず身構えてしまった。

スマホが鳴っただけでこんなにびっくりするなんて、ちょっと神経質になりすぎているのかもしれない。

そう思って画面を確認した。

【秘密暴露アプリ】

その文字に息をのむ。

「またメッセージだ……」

あたしはそう呟いてベッドの上に座った。

嫌な予感が膨らんでいく。

もう、このまま何も見ずにスマホを閉じてしまおうか。

そんなふうに考えながらも、あたしの指はスマホをタップしてメッセージを表示させていた。

出てきた数字に、あたしはキョトンとした表情を浮かべる。

「何これ？」

数字は一秒ごとに減っているようで、何かをカウントダウンしているように見えた。

画面をスクロールして確認してみると［登録までのカウントダウン］と書かれているのがわかった。

「アプリに登録しろってこと……？」
思わず首をかしげる。
カウントダウンがあるなんて、急かされているような気分になる。
そんな心理を利用した新手の詐欺だろうか？
どうするべきか一人で悩んでいると、《メッセージ来た？》と、澄子からのメッセージが届いた。
《汐：澄子のところにも来たの？》
《澄子：うん。カウントダウンされてるんだけど、どうする？》
どうするって言われても、こんなアプリに登録しようとは思わなかった。
《汐：無視していいんじゃないかな？》
《澄子：そう？　なんかこのアプリ怖いよね》
確かに、あたしも怖かった。
【秘密暴露アプリ】というネーミングもそうだけど、それ以上に得体の知れないものを感じた。
まるで、アプリに悪魔が住みついているような感覚。
《博義：いや、登録したほうがいい》
二人の会話に入ってきたのは博義で、あたしは目を見開いた。

博義が途中でメッセージに入ってくることは珍しい。
《汐：どうして？　わけのわからないアプリだよ？》
《博義：事情は明日説明する。とにかく今日はアプリに登録してくれ》
博義は何か知っている雰囲気だ。
だけど、スマホのメッセージでは伝えることができないのだろう。
あたしはしばらく思案したのち、博義の言うとおり【秘密暴露アプリ】に登録をしたのだった。

【秘密暴露アプリ】に登録をしても、変わらない朝がきた。

ただ、嫌な予感から来る寒気は今も続いていて、体が重たくなっている。

「汐！」

校門を入ったところで澄子に声をかけられ、あたしたちは二人でA組へと向かった。

「アプリに登録した？」

そう聞かれ、あたしは頷いた。

「澄子は？」

「あたしも登録した。博義は何か知ってる感じだったよね」

「うん」

「汐も、博義からまだ何も聞いてないの？」

「聞いてない。今日教えてくれるって言ってたから、無理には聞かなかったの」

「そっか……」

変なアプリに登録してしまったせいか、澄子は落ちつかない様子だ。

個人情報を流されたり、ウイルスを送られる可能性だってあるし、あたしも不安だった。

「他のみんなにも、昨日のカウントダウンが届いたのかな？」

澄子の言葉にあたしは首をかしげた。

どうだろうか？

まだ他の子たちと仲よくなれていないから、どんな状態なのかわからない。

「誰かに声をかけてみようか」

そう言いながらA組のドアを開けた時、一人の生徒がすすり泣いている姿が見えて、あたしは立ち止まっていた。

机に突っ伏して泣いているのは、他の中学から来た子だ。

「どうしたんだろう？」

あまり声を出せない雰囲気だったので、あたしは小声で澄子へ向けて言った。

澄子も何も知らないようで、左右に首を振るだけだった。

誰かと話がしたいと思っていたけれど、とてもそんな雰囲気じゃなさそうだ。

あたしと澄子はそのまま、大人しく自分の席に座ることになってしまった。

「突然死だったんだって」

そんな声が後方から聞こえてきて、あたしは振り向いた。

そこにいたのは数人のグループで、まだ会話をしたことのない生徒ばかりだった。

「○×中学の子だったんでしょ？　あの子、同じ中学だったからすぐに連絡が来たみたい」

いったいなんの話をしているんだろう？

背中は寒いのに、全身から汗が噴き出しているのがわかる。

「汐」

不意に声をかけられて、ハッと息をのんだ。

いつの間にか博義が近くに立っていた。

「なんだ博義か……」

ホッと安堵して笑顔を浮かべるが、博義にいつもの笑顔はなかった。

「話がある。澄子と一緒に廊下へ出てきてくれ」

その言葉に、あたしは無言で頷いたのだった。

廊下へ出てきたあたしたちは、博義に連れられてひと気のない廊下の端へと移動してきていた。

「博義はあのアプリについて何か知ってるんだよね？」

あたしが聞くと、博義は頷いた。

「でも、まさか本物だとは思わなかった。教室にいた時送られてきても、誰かのイタズラだと思ってた」

そう言った博義の顔は青ざめている。

「あのアプリはなんなの？」

次に質問を投げたのは澄子だった。

「【秘密暴露アプリ】メッセージに書いてあったとおり、アプリ内の掲示板に誰かの秘密を暴露すれば、ポイントが貰える。ポイントは豪華な賞品と交換ができるんだ」

「仲間割れをさせたいってこと？」

他人の秘密をバラすことでA組の関係を壊すことが目的だろうか？

でも、なんのために？

「わからない。だけど、一度この高校の卒業生から聞いたことがあるんだ」

博義はそう言い、一度大きく深呼吸をした。

「学年は問わず、A組は【秘密暴露アプリ】に狙われているって」

「狙われる……？」

あたしは眉間にシワを寄せて聞き返した。

「あぁ。その先輩は昔三年A組だったんだ。その時、【秘密暴露アプリ】からのメッセージが送られてきて、クラス全員が巻き込まれ、死者まででた」

死者という単語に息をのんだ。

「で、でも、その先輩は生きてるんだよね？」

澄子が聞く。

博義はゆっくりと左右に首を振った。

「え……？」

澄子の小さな驚きの声が聞こえた。

「その話を聞いてた途中、車がファミレスに突っ込んできて先輩を押しつぶしたんだ」

あ……。

高校に入学する前、その話は聞いたことがあった。

先輩が亡くなったから葬儀に行かなきゃいけないと、博義は言っていたのだ。

「先輩の死とアプリは関係があるの？」

あたしが聞くと、博義は「これ、ちゃんと読んで」とスマホを差し出してきた。

そこには【秘密暴露アプリ】からのメッセージが表示されていて、あたしは一瞬顔をしかめる。

《メールが送られてきた者以外に他言しないでね》

下のほうに小さな文字で書かれた文章。

「まさか、先輩は博義に話をしたから死んだって言うの？」

「そうかもしれないだろ」

その言葉に驚いて博義を見つめた。

そんなことを本気で言っているのだろうか。

「それに、今日だって……」

そこまで言って口ごもる博義。

「今日って何？」

澄子が不安そうな表情で聞いた。

「お前ら、また聞いてないのか？」

「聞いてないって何？　クラスで泣いてる子がいたけど、関係あるの？」

あたしは教室後方から聞こえてきた『突然死』という言葉を思い出していた。

「あぁ……。今日クラスメートの一人が亡くなったんだって。原因不明の突然死」

博義の言葉に、あたしは絶句してしまった。

そんなことがあったなんて知らなかった。

「きっと、その子は【秘密暴露アプリ】に登録していなくて、カウントダウンに間に合わなかったんだ」

昨日送られてきたカウントダウン。

あれは死を意味するものだったっていうの？

「そんなの関係ないよきっと」

澄子の声はひどく震えていた。

「本当に関係ないと思うか？」

博義の言葉に澄子も黙り込んでしまう。

昨日から感じていた嫌な予感は、すべて的中していたのだ。

「このアプリには得体の知れない力がある。先輩はそう言ってた」

「そんなの信じられない……」

あたしは小さな声で呟くように言った。

アプリのせいで人が死ぬなんて、そんな話は聞いたこともなかった。

「信じなくてもいい。俺たちは登録したから、もう大丈夫なはずだしな」

博義は自分に言い聞かせるように言ったのだった。

《登録しなかった者に制裁を行ったよ》

そんなメッセージが送られてきたのは、朝のホームルームが終わった頃だった。

先生から、クラスメートの死を聞かされた直後を見計らったかのように届いたメッセージ。

教室中は凍りつき、誰も言葉を発することができない状態になってしまった。

あたしは全身が寒くなるのを感じながら、澄子へ視線を向けた。

澄子は机の下でスマホをつついている。

あたしにメッセージを送っているのかと思ったが、あたしのスマホは震えない。

【秘密暴露アプリ】について調べているのかもしれない。

「このアプリは本物だ……」

あたしの後ろの席のクラスメートが小さな声で言ったのが聞こえてきたのだった。

予期せぬ暴露

重たい気持ちのまま家に帰り、さっそく出された課題に目を通す。

真剣に問題を読んでいても、思考回路はすぐに【秘密暴露アプリ】へと戻っていってしまう。

クラスメートたちは【秘密暴露アプリ】に関することを口にしないけれど、きっとあたしと同じくらい気にかけていることだろう。

どう頑張っても課題に集中できないあたしは、諦めて教科書を閉じた。

スマホに手を伸ばして澄子や博義からメッセージが届いていないか確認する。

だけど、誰からの連絡もなかった。

誰かと話がしたいという衝動に駆られる。

一人で考えているから余計に考えがまとまらないのだ。

そう思い、博義へのメッセージ画面を開いた。

《汐：今何してる？》

そんな文章を送ろうとした時だった、スマホが震えて画面上に【秘密暴露アプリ】

からのメッセージを知らせた。

「ひっ」

悲鳴を上げ、スマホを取り落としてしまう。

またアプリからだ!

今度はいったいなんなんだろう?

スマホ画面を確認するのは恐ろしかったけれど、今日の制裁を思い出すと無視することもできなかった。

もし、アプリからの通知を無視して死んでしまったら……?

そんな考えが脳裏をよぎる。

あたしは恐る恐るスマホを握りしめて、画面を確認した。

《谷澤博義からの暴露!》

見慣れた名前に目を見開く。

「博義……?」

嫌な汗が背中を流れていく。

これ以上は見ないほうがいい。

頭の中で危険警報が鳴っているけれど、あたしの指はスマホをスクロールしていた。

次の瞬間、頭の中は真っ白になっていた。

アプリ内の掲示板に投稿されていたのは、あたしと博義のキスシーンだったのだ。

以前、プリクラで撮影したものだ。

「なんで……？」

思わず出た声は震えていた。

「なんでこんなの投稿するの⁉」

付き合っていることを隠したいわけじゃない。

けれど、得体の知れないアプリの掲示板に、あたしになんの相談もなく写真を投稿してしまったことが問題だった。

あたしは震える指先で博義へと電話をかけた。

三コール目で電話が繋がる。

『もしもし？　何？』

いつもと変わらない博義の声。

「なんであの写真を投稿したの⁉」

あたしは、つい怒鳴るようにして聞いていた。

『ダメだった？　キスシーンくらい大丈夫かと思ってさ』

博義は笑い声を上げた。

この状況でどうして笑えるのだろう。

よく知っている博義のことが、途端にわからなくなる。

「とにかく、すぐに消して！」

『それは無理だろ』

「え？」

『もうポイントが入ってるんだ。今さら消すなんて無理だろ』

博義の言葉に、あたしは画面を操作してアプリを表示させた。

キス写真の後ろに、一〇〇ポイントと書かれているのがわかった。

これがポイント……？

「なんで勝手に投稿したの⁉」

『言っただろ？　このアプリは本物だ。ポイントを貯めれば賞品が貰える』

博義の言葉に愕然としてしまいそうになる。

「賞品が欲しいの……？」

『当たり前だろ？　俺たち高校生じゃ手に入らない物ばっかりなんだから』

博義の言葉の中に謝罪は出てこない。

そのことがショックだった。

『汐だって欲しい物があったんじゃないのか？』

博義の言葉に愕然としながら、あたしは見えていない電話の向こうの博義に左右に首を振って否定した。

「賞品なんて見てない」

『なんだよ。見てみろよ驚くからさ』

「見ない!!」

あたしは電話へ向けて怒鳴った。

博義に怒鳴るなんてこれが初めてのことで、自分でもびっくりしてしまった。

『あぁ、そうかよ』

博義はそう言い、電話を切ってしまったのだった。

翌日、あたしの心は重たく淀んでいた。

まさか、博義があのアプリを使うなんて。

しかも、誰よりも先に書き込んだのだ。

書き込みを思い出すだけで全身が重たくなって、一歩も歩けなくなりそうだった。

けれど、力を込めて一歩一歩学校へと近づいていく。

学校へ行って博義に確認しないといけない。

どうしてあんな勝手なことをしたのか……。

A組の教室へ入った時、あたしはすぐに博義を見つけることができた。

ちょうど澄子と一緒にいるところだった。

「ちょっと博義！」

あたしは二人の元へと大股で歩き出した。

クラスメートの視線を感じ、すぐに逃げ出したい感情が湧き上がってくる。

みんなあの写真を見たのだ。

そう思うと恥ずかしくて心臓が止まってしまいそうだ。

「汐！」

こちらへかけてきたのは澄子だ。

「澄子……」

「大丈夫？　今博義にどういうことか聞いてたところなの」

「あたしも何も知らないの。博義が勝手に書き込んだから」

博義を睨みつけるけど、博義は知らん顔をして窓の外へ視線を向けている。

何、あの態度！

腹の中から怒りが湧いてくるのを感じる。

「汐。ちょっと落ちつこう？　今話しかけても上手くいきっこないよ」

澄子はそう言うと、あたしの手を握りしめた。

「そうかもしれないけど……」

博義に一言言ってやらないと気が済まなかった。

「博義にはさっき事情を聞いたから、あたしから説明する。いい？」

澄子の言葉に、あたしは渋々頷いたのだった。


教室を出てひと気のない廊下まで移動すると、澄子はようやく立ち止まった。

「博義はなんて言ってたの？」

立ち止まった澄子へ向けて、あたしはすぐに聞いた。

澄子は言いにくそうな表情を浮かべ、手を握りしめた。

「賞品が欲しいって……」

澄子の言葉にあたしは大きく息を吸い込む。

昨日電話で聞いたのと同じだ。

余計に怒りが湧き上がってくるのを感じる。

「賞品のためにあたしを売ったってことだよね」

「そんなことは言ってなかったよ」

澄子は慌てて言うけど、あたしを売ったことに変わりなかった。

「信じられない！　博義がそんな奴だったなんて……！」

どうして今まで気がつかなかったんだろう。

長く付き合っているのに、博義の本性を見抜くことができなかった。
悔しくて奥歯を噛みしめる。
「ねぇ汐、そんなに怒らないで？　二人がケンカするなんて嫌だよ……」
澄子はあたしたちとずっと一緒にいたから、仲よしでいてほしいのだろう。
あたしだって、彼氏とケンカなんてしたくない。
でも、今回は黙っているなんて無理だった。
「ケンカはしないよ。でも……」
あたしは途中で言葉を切り、スマホを取り出した。
博義がその気なら、こっちだってその気になってやる。
博義の秘密くらい、いくらでも握ってるんだから！
「ちょっと汐、何してるの⁉」
あたしのやろうとしていることに気がついた澄子が止めてくる。
けれどあたしはそれを振り払い、スマホを操作した。
そして［暴露する］ボタンをタップし、博義の秘密を書き込んでいく。
欲しい賞品なんてないけれど、やり返さなければ許せなかった。
あたしが書き込んだ直後、スマホが震えた。
《苗代《なえしろ》汐からの暴露！　谷澤博義は小学校の頃カンニングをしていた！》

この書き込みは今、クラス中に見られていることだろう。
そう思うと心がスッと晴れていくようだった。
「こんなこと書いていいの？」
澄子が青ざめた顔で聞いてきた。
「いいじゃん別に。先に書き込んだのは博義なんだから」
あたしは冷たい口調で言ったのだった。
残念ながら、あたしが暴露したポイントはたったの五ポイントだった。
賞品と交換までには程遠いポイント。
けれどあたしはポイントが欲しいわけじゃない。
これでよかったのだ。
「ほんと、最低」
家に戻ってからスマホを確認し、あたしは呟いた。
あのあと教室へ戻っても博義は何も言わなかった。
謝罪もなければ抗議もない。
まるで赤の他人のような態度だったのだ。
その態度にあたしの胸は痛んだが、それ以上に怒りのほうが大きかった。

どうしてあたしの秘密を真っ先に書き込んだのか。

賞品が目的なら、他の秘密でよかったはずだ。

考えても答えは出てこないし、博義にメッセージを送っても既読すらつかない状態で、心はずっとモヤモヤしっぱなしだ。

「明日は休みだし、澄子を誘って遊びに行こう」

あたしは自分の気持ちを切り替えるために呟き、澄子へメッセージを送った。

《汐：澄子、明日一緒に遊びに行かない？　ストレス発散！》

《澄子：ごめん！　明日は先約があるんだよね。明後日の休みなら会えるけど、どうする？》

明後日か。

本当は明日カラオケにでも行きたい気分だったけれど、先約があるなら仕方がない。

《汐：わかった。じゃあ明後日ね！》

あたしはそのメッセージを澄子へ送り、スマホを閉じたのだった。

翌日、あたしは一人で家を出ていた。

自室にこもっていても嫌なことばかり考えてしまうので、買い物に行こうと思ったのだ。

人ごみの中一人で歩くのはしんどいけれど、嫌な気分は徐々に薄れていっていた。

「あ、新作のバッグが出てる」

好きなショップの前で立ち止まって商品を見ているだけで、気分は違ってくる。

インターネットとリアルの世界はとても近くなっているけれど、やっぱり別物だ。

嫌な気分も、画面さえ見なければ消えてくれるんだから。

そう思うと心がとても軽くなってくる。

気分もよくなってきたし、新しい服でも買って帰ろうかな。

素敵な服に出会うことができれば、博義のことを許せるような気がしていた。

どんな賞品が欲しいのかわからないけれど、悪意があってやったわけではないのかもしれないし。

そう思ってデパートの通路を歩いていた時だった。

見知った後ろ姿が見えて、あたしは一気にうれしくなっていた。

博義だ！

中学から一緒にいたあたしが博義の後ろ姿を見間違うはずがない。

周囲に知り合いの姿もなく、一人で買い物をしていたようだ。

それなら声をかけて仲直りをすればいい。澄子もきっと喜んでくれるだろう。

そう思って近づいた、その時だった。

「ごめん、お待たせ」

そんな声が聞こえてきてトイレから澄子が出てきたのだ。

あたしは歩調を緩めて澄子を見つめる。

どうして澄子がここに？

昨日、澄子は先約があると言っていたし、偶然ここに三人が揃ってしまったのだろうか？

「待ってないよ」

そう答えた博義に、あたしは足を止めてしまった。

二人はあたしには気がつかず、肩を並べて歩いていく。

その手はしっかりと繋がれているのだ。

何？　いったいどういうこと？
混乱で頭が上手く働かない。
あたしの目の前を歩いていく二人の姿は、どう見ても仲のよいカップルだった。
嫌な予感で背中が寒くなるのを感じながら、あたしは一歩踏み出した。
何がどうなっているのかわからない。
だけど、ここで背中を向けてはダメだと直感的に理解して二人のあとを追いかけた。
二人はあたしに気がつかないまま、デパートの中を歩いている。
「次はどんな秘密を書き込むの？」
聞こえてきた澄子の声にあたしは息をのんだ。
博義はまだ【秘密暴露アプリ】に書き込むつもりでいるのだ！
「次はあいつの全裸写真かな」
楽しげな声で答える博義。
『あいつ』が誰を示すのか、すぐに理解してしまった。
前に一度だけ全裸写真を撮られたことを思い出す。
あたし自身も博義に撮られることを承諾してしまったのだ。
思い出して下唇を噛みしめた。
好きだからって、彼氏だからって、あんなことさせるんじゃなかった！

あんな写真がクラス中に知れ渡ったら、あたしはもう学校へ行けなくなってしまう。

「それポイント高そうだね」

澄子の声にハッと我に返った。

そうだ。どうして澄子はここにいるんだろう。

先約って、博義のことだったんだよね……？

「ポイントを貯めて、欲しい物を貰えるし、汐と別れるキッカケにもなる。あたしの考えって最高でしょ？」

自信満々に言う澄子に、あたしは自分の世界が崩れていくのを感じた。

「そうだよな。汐にはそろそろ飽きてきたころだったんだよ」

聞こえてきた博義の言葉に心臓がドクンッと跳ねた。

何それ。あたしに飽きたなんて、そんなこと聞いてない。

飽きたから写真を投稿してポイントに変えて、それをキッカケにして別れようとしてるの？

頭の中で理解するにつれて怒りが湧き上がってくる。

「あたしはやっと博義の彼女になれるんだね」

澄子は博義の隣で飛び上がって喜んでいる。

澄子はいつから博義のことが好きだったんだろう。

そんなことちっとも知らなかったし、相談を受けたこともなかった。

あたしは、澄子とはずっと友達だと思っていた。

これから先もずっと……。

あたしは二人がデパートから出ても追いかけ続けていた。

声をかけるわけでもなく、ただあとをついて歩く。

自分がどうしたいのか、自分でもわからなかった。

そんな自分が惨めに感じられてきた時、ふと、これを【秘密暴露アプリ】の掲示板へ投稿すればいいんじゃないかと思いついたのだ。

ほうっておけば二人はあたしの秘密をどんどん書き込んでいくはずだ。

それなら、こっちだって容赦しない。

彼氏も友情もすべて失うことは、もうわかっているのだから。

あたしは大きく息を吸い込んで、スマホを取り出した。

あたしの指が震えているのは罪悪感からじゃない。

二人へ対する怒りからだ。

「裏切り者……」

あたしは呟くように言うと、スマホで二人の姿を撮影しはじめたのだった。

事故

【秘密暴露アプリ】の掲示板には、リアルタイムで動画を投稿することができた。

あたしは二人の姿をカメラに収めながら歩いていく。

赤信号で立ち止まった二人がイチャイチャしながらスマホを確認している。

次の瞬間、澄子が勢いよく振り向いて視線がぶつかった。

驚愕の表情を浮かべて青ざめる澄子。

あたしはその様子もしっかりと撮影した。

「おい、何してんだよ汐！」

あたしに気がついた博義が怒りを露わにし、大股で近づいてくる。

しかし、それを止めたのは澄子だった。

「ダメだよ博義。掲示板に投稿されてるんだから！」

澄子の言葉にあたしは心底ガッカリしてしまった。

あたしに申し訳ないという気持ちで、博義を引き止めたわけじゃないのだ。

「行こう」

青ざめたままの澄子が、博義の腕を掴んで横断歩道を渡り出す。

信号はまだ赤色だけど車の流れは止まっていた。

あたしは横断歩道の手前で立ち止まり、信号無視をして歩いていく二人の姿を撮影し続けていた。

こんなものを流したところで、あたしの気持ちは収まらない。

それでも、少しでもいいから復讐がしたかった。

「絶対に許さないから……」

二人のことを信用しきって、少しも疑ってこなかった。

そんな自分が滑稽だった。

二人はいつから、あたしのことを笑いものにしていたのだろうか。

知らず知らず流れていた涙をぬぐった時、車が近づいてくるのが見えた。

横断歩道の真ん中を渡る二人は気がつかない。

車はスピードを落とさずに突っ走ってくる。

とっさに、二人へ向けて手を伸ばしていた。

が、届くはずがない。

あたしは手を伸ばしたまま固まってしまった。

「なんで止まらないの⁉」

横断歩道で待っていた誰かが叫ぶ。
トラックの運転手は片手にスマホを持っていて、前を見ていないのがわかった。
「危ない！」
とっさに叫ぶと、二人が同時に立ち止まり、振り向いた。
トラックの運転手はようやくスマホから目を離して、前を向いた。
早くブレーキを踏んで！
そう願うけど、届かなかった。
クラクションの音が聞こえてくる。
「あ……っ」
そう呟いたのはあたしだったか、信号待ちをしていた他の誰かだったか。
目の前に現れた白いトラックが二人の体を跳ね上げていた。
大きくへこんだボンネットには赤い血がこびりつく。
跳ね上げられた二人は力なく、そのまま地面へと叩きつけられていた。
「誰か、救急車！」
いち早く誰かが叫び、周囲が騒がしくなる。
あたしは一歩前へと踏み出していた。
それを引き金にして二人へ駆け寄る。

「博義⁉　澄子⁉」

名前を呼んでも二人は動かない。

きつく閉じられた目が動くこともない。

「嘘でしょ……？　二人とも目を覚ましてよ！」

博義の体に追いすがり、叫ぶ。

こんなの嘘だ。

あたしから逃げた二人が事故に遭うなんて、こんなこと……！

背中の寒気が強くなった。

「あ……」

録画状態になったままのスマホを確認すると、あたしのポイントは一億ポイントに到達していたのだった……。


違う。

あたしじゃない。

あたしのせいじゃない！

頭まで布団をかぶり、あたしは耳を塞いだ。

それでも聞こえてくるスマホの音。

今日もまたメッセージが届いている。
《ポイントのために事故を起こした最低女》
《お前の秘密を全部暴露してやる》
《人殺し》
《人殺し》
《人殺し》
《人殺し》
《人殺し》
会話もしたことのない、クラスメートたちからのメッセージ。
違う！
あたしはポイントなんて興味ない！
欲しい賞品なんてない！
いくら叫んでも無駄だった。
あたしのせいで二人は死んだ。
あたしはその動画をアプリ内の掲示板に投稿した。
それだけが、みんなにとっての事実だった。

あたしの秘密を探り、それを書き込むことがクラス内で暗黙のルールとなり、みんなはポイントを稼ぎ続けていた。

「汐！　学校の友達が来てくれたわよ！」

一階から聞こえてきた声に、あたしは青ざめた。

書き込むネタがなくなると、クラスメートたちはこうして家まで押しかけてくるようになっていたのだ。

おかげであたしはあの出来事以降、自分の部屋から出ることもできなくなっていた。

「帰ってもらって！」

精いっぱい叫び返す。

しかし、両親は引きこもりになってしまったあたしを心配して、あいつらを部屋に通すのだ。

「宿題を持ってきてくれたのよ。よかったわね」

疲れた顔の母親がそう言い、クラスメート三人をあたしの部屋に入れてしまう。

「帰ってってば！」

ベッドの上から叫び声を上げると、母親は泣きそうな表情になり、そのまま部屋を出ていってしまった。

友達が相手ならあたしが心を開くと、勘違いしているのだ。

「汐、久しぶりだね」

仲よくなんてないクラスメートが声をかけてくる。

その顔は欲望に歪んで見えた。

全身が寒くて震えが止まらない。

「次の秘密、貰いに来たんだけど」

もう一人の言葉に、あたしは左右に強く首を振った。

「あたしの秘密なんてもうない！」

もともと、たいした秘密なんて持っていないのだ。

散々書き込まれたあとじゃ、残っている秘密なんて何もなかった。

「なに言ってんの？　まだまだポイント貯めないといけないんだけど」

もう一人がそう言い、近づいてくる。

ベッドの上にいたあたしは逃げることもできず、壁に背中をくっつけた。

「秘密がなければ、作ればいいんだよ」

目の前まで迫ってきたクラスメートが笑顔でそう言った。

その手には果物ナイフが握りしめられている。

「ちょっと……正気なの!?」

「当たり前じゃん。あたしたち、ポイントのためならなんだってするって決めたんだから」

「やめて……お願いだから!!」

「秘密を暴露するまで、ちょっと大人しくしててね」

そう言ったクラスメートは、ナイフを強く握りしめたのだった。

END.

あとがき

皆さまはじめまして、またはこんにちは、西羽咲です。

このたびは『秘密暴露アプリ~恐怖の学級崩壊~』をお手に取っていただき、誠にありがとうございます!

前回、野いちご文庫から出版させていただいたのは、二〇一八年の十二月です。

こんなに短期間で次の作品を出版できるとは思っていなかったので、本当に嬉しいです!

さて、本作の主人公はイジメっ子でもイジメられっ子でもなく、ごく普通のどこにでもいる女子高生。

そこそこ平和で幸せならそれでいい。そんな平凡な考え方だった主人公が『秘密暴露アプリ』に巻き込まれ、徐々に性格が歪んでいく物語です。

主人公だけでなく、周囲のクラスメートたちも『秘密暴露アプリ』に翻弄され、善悪の判断さえままならなくなっていきます。

目の前に大金を積まれ「お金をあげるから、他人の秘密を暴露しろ」と言われたら、私なら心が揺らぐと思います。

他人の秘密を暴露したって自分が痛むことはないのですから、ハードルはとても低いですよね。

もし、皆さんのスマホにある日突然『秘密暴露アプリ』が送られてきたら、どうするでしょうか？

平和な日常を保つことができるのか？　賞品に流されることなく、強い気持ちでいることができるのか？

そんなことを考えながら、楽しんで読んでいただければと思います。

そして、主人公やクラスメートたちが秘めていた狂気もお見逃しなく！

ではでは、またお目にかかれる日を夢見て……。

最後になりましたが、いつもサイト等で応援してくださっている皆さまに、心から感謝を申し上げます。

これから先も、皆さまに楽しい物語を提供していけるよう、頑張ります！

二〇一九年三月二十五日　西羽咲花月

作・西羽咲花月（にしわざきかつき）

岡山県在住、趣味はスクラッチアートと読書。第9回日本ケータイ小説大賞文庫賞受賞作『彼氏人形』、ケータイ小説文庫『爆走LOVE★BOY』、『リアルゲーム～恐怖は終わらない～』、『カ・ン・シ・カメラ』、『絶叫脱出ゲーム～奴隷部屋カラ今スグ逃ゲロ～』、『感染学校～死のウイルス～』、『彼に殺されたあたしの体』（すべてスターツ出版刊）ほか、多くの作品が書籍化されている。現在は、ケータイ小説サイト「野いちご」にて執筆活動中。

絵・あおいみつ

少女漫画家。2006年『恋色センチメンタル』でデビュー。代表作に『キミが好きとかありえない』『2.5次元彼氏』（すべて講談社刊）などがある。石川県出身。趣味はもふもふしたものを愛でること。

西羽咲花月先生への
ファンレター宛先

〒104-0031　東京都中央区京橋1-3-1　八重洲口大栄ビル7F
スターツ出版（株）　書籍編集部気付　西羽咲花月先生

× × × × × × × × × × × × × × × ×
× × × × × × × × × × × × × × ×
× × × × × × × × × × × × × × × ×

この物語はフィクションです。
実在の人物、団体等とは一切関係がありません。

秘密暴露アプリ～恐怖の学級崩壊～

2019年3月25日　初版第1刷発行

著　者　西羽咲花月　

発行人　松島滋

イラスト　あおいみつ

デザイン　カバー　ansyyqdesign
フォーマット　齋藤知恵子

DTP　朝日メディアインターナショナル株式会社

編集　相川有希子　酒井久美子

発行所　スターツ出版株式会社
〒104-0031
東京都中央区京橋1-3-1 八重洲口大栄ビル7F
出版マーケティンググループTEL 03-6202-0386
（ご注文等に関するお問い合わせ）
https://starts-pub.jp/

印刷所　共同印刷株式会社
Printed in Japan

乱丁・落丁などの不良品はお取り替えいたします。
上記出版マーケティンググループまでお問い合わせください。

定価はカバーに記載されています。
ISBN 978-4-8137-0648-9 C0193

× × × × × × × × × × × × × × × ×
× × × × × × × × × × × × × × ×
× × × × × × × × × × × × × × × ×